Christoph Gottlieb Adolf Scheurl

Anleitung zum Studium des römischen Civilprozesses

SALZWASSER
VERLAG

Christoph Gottlieb Adolf Scheurl

Anleitung zum Studium des römischen Civilprozesses

1. Auflage | ISBN: 978-3-75251-053-9

Erscheinungsort: Frankfurt am Main, Deutschland

Erscheinungsjahr: 2020

Salzwasser Verlag GmbH, Deutschland.

Nachdruck des Originals von 1868.

Anleitung zum Studium

des

Römischen Civilprozesses

von

D. Ch. G. Adolf von Scheurl,

Professor der Rechte.

Zweite verbesserte Auflage.

———— ▸▸▸▸❧◅◅◅◅ — ————

Erlangen,

Verlag von Andreas Deichert.

1868.

Vorwort

der erſten Auflage.

—⁓⁓⁓—

Dieſes Schriftchen iſt eine verbeſſernde und erweiternde Umarbeituug der §§. 37—58 meines Inſtitutionenlehrbuchs für die künftige zweite Ausgabe deſſelben. Ich laſſe dieſen Beſtandtheil meines Buchs beſonders erſcheinen, damit er als Leitfaden für eigene Vorträge über den Römiſchen Civilprozeß gebraucht werden, und auch ſolchen Anfängern als erſte Anleitung zum Studium dieſer wichtigen Rechtslehre dienen könne, welche für das Inſtitutionenſtudium im Ganzen andere Hülfsmittel als mein Compendium gebrauchen wollen. Ich fürchte nicht, daß dieſes Büchlein irgend Jemand von dem Studium der meiſterhaften Darſtellungen des Römiſchen Civilprozeſſes abhalten werde, welche wir in Puchta's Curſus der Inſtitutionen Bd. 2 (jetzt durch einen Schatz trefflicher Anmerkungen von Rudorff bereichert) und in Keller's durchaus klaſſiſchem Buche: „Der Römiſche Civilprozeß und die Actionen" (Leipzig 1852 *) beſitzen. Vielmehr hoffe ich, daß es die Leſer anreizen werde, ſich gründlich mit dieſen Werken bekannt zu machen. Ich möchte nur Anfängern es erleichtern, ſich durch dieſe inhalts-

———————

*) 2. Ausgabe 1855.

reichen und schon reiferes Verständnis voraussetzenden Dar=
stellungen durchzuarbeiten, und dadurch zur allgemeineren
Verbreitung der genauen und einbringenden Kenntnis des
Römischen Civilprozesses beitragen, ohne welche wahres Ver=
ständnis des Römischen Privatrechts und der wichtigsten
Quellen desselben unmöglich ist.

Erlangen, den 11. November 1854.

Scheurl.

Vorwort

der zweiten Auflage.

Die hier erscheinende zweite Auflage dieses Büchleins ist
ein einfacher Abdruck der §§. 53—77 der eben im Druck be=
griffenen fünften Ausgabe meiner Institutionen. Die Ver=
besserungen stützen sich hauptsächlich auf M. A. v. Beth=
mann=Holweg's seither erschienenes treffliches Werk: „Der
Römische Civilprozeß" (3 Bde. Bonn 1864—1866).

Erlangen, den 12. Mai 1868.

Scheurl.

Einleitung.

---

§. 1.

Zur vollen Wirksamkeit der Privatrechte gehört der richterliche Schutz derselben, kraft dessen ihre Anerkennung nöthigenfalls auch erzwungen werden kann. Es ist daher nach R. R. mit einem Privatrechte regelmäßig die Berechtigung seines Inhabers verbunden, Jeden, der durch die That bezeigt, daß er es nicht anerkenne, durch eine gerichtliche Verhandlung (eine **actio**, **Klage**) zu nöthigen, daß er sich mit ihm auf einen förmlichen Rechtsstreit über das Recht vor Gericht einlasse, und sich dem diesen Streit entscheidenden richterlichen Urtheile über Dasein oder Nichtdasein des bestrittenen Rechts unterwerfe. Diese Berechtigung zur Anstellung der **Klage** (actio) im **formellen** Sinn heißt selbst **actio** (**Klage im materiellen Sinn**), **Klagerecht** (1) und ist als solches gewissermaßen ein Bestandtheil des dadurch geschützten Rechts, das den **Klagegrund** (**causa proxima actionis, causa petendi**) bildet.

Je nachdem nun der Klagegrund in diesem Sinn eine **Obligation** ist (also ein persönliches Recht) oder ein anderes, also ein Recht von dinglicher Natur, ist auch die **Klage** selbst eine **persönliche** (in personam actio) oder eine **dingliche** (in rem actio), d. h. es wird **entweder** damit die Person des Beklagten selbst als uns zu einer Leistung

verpflichtet, oder es wird damit (dieser Person gegen=
über) ein Gegenstand: eine res corporalis oder incor-
poralis, oder eine dritte Person (ein persönliches Rechtsob=
jekt) als unser (uns gehörend) in Anspruch genommen (2).

Die persönliche Klage steht daher dem Berechtigten im=
mer von vornherein ausschließlich gegen eine bestimmte Per=
son (den Schuldner) zu und entsteht (nascitur) als un=
mittelbar geltend zu machendes Recht, sobald die Erfüllung
der Obligation gefordert werden kann. Die dingliche Klage
dagegen steht dem Berechtigten an sich gegen jeden Dritten
zu, der das damit geschützte Recht verletzen wird, und ent=
steht (nascitur) als Recht gegen einen bestimmten Dritten
erst dadurch, daß ein solcher das Recht wirklich verletzt.

Das Actionenrecht (jus quod ad actiones pertinet) als
Theil des Privatrechts umfaßt an sich nicht auch die Lehre
von dem gerichtlichen Verfahren in Rechtsstreitigkeiten (Ci=
vilprozeß), welche vielmehr dem öffentlichen Recht ange=
hört. Doch sind wenigstens die Grundzüge dieser Lehre un=
entbehrlich für das Verständnis des Actionenrechts und der
Einwirkungen, welche die Privatrechte durch ihre wirkliche
Einführung in den Rechtsstreit, wie durch dessen Beendigung
erfahren.

1. Nihil aliud est actio, quam jus, quod sibi debeatur, judicio
   persequendi. L. 51 D. de O. et A. (44, 7).
2. In personam actio est, qua agimus, quotiens cum aliquo, qui
   nobis vel ex contractu vel ex delicto obligatus est, contendi-
   mus, id est cum intendimus, dare facere praestare oportere.
   (§. 3) In rem actio est, cum aut corporalem rem intendimus
   nostram esse, aut jus aliquod nobis competere velut utendi
   aut utendi fruendi, eundi agendi aquamve ducendi, vel altius
   tollendi vel prospiciendi. item actio ex diverso adversario est
   negativa. Gaj. IV. §. 2. 3.

I. Der Römische Civilprozeß bis zum Ablauf der dritten Periode.

1) Ordo judiciorum privatorum.

Wesen desselben.

§. 2.

Der Civilprozeß als das in bestimmter Ordnung fortschreitende gerichtliche Verfahren zur Geltendmachung bestrittener Rechte besteht gewöhnlich aus einer ganzen Reihe von Handlungen der Parteien (actor und reus) und des Gerichts, welche die Feststellung der wirklichen Streitpunkte und die Ermittlung der Wahrheit oder Unwahrheit der das Urtheil bedingenden thatsächlichen Behauptungen der Parteien zum Zweck haben.

Das Wesen des ordo judiciorum privatorum besteht nun darin, daß für diese gewöhnlichen Fälle eine Theilung des Gerichtsverfahrens in ein Verfahren in jure (vor und unter dem mit jurisdictio betrauten magistratus oder seinem bevollmächtigten Stellvertreter) und in ein Verfahren in judicio (vor und unter ständigen oder vom magistratus bestellten judices) Statt fand, so daß jenes erstere Verfahren sich auf eine bloße Vorbereitung des Prozesses, die dem Prozeßverhältnisse zwischen den Parteien eine bestimmte rechtliche Form gab, beschränkte, das zweite Verfahren aber die sämmtlichen übrigen Prozeßhandlungen bis zur Urtheilsfällung und mit Einschluß derselben umfaßte.

Omnia judicia aut distrahendarum controversarum, aut puniendorum maleficiorum causa reperta sunt. Cic. pro Caec. c. 2.

Richteramt.

§. 3.

Das Richteramt war zufolge dieser Prozeßordnung ein

*

boppeltes: das officium jus dicentis (die jurisdictio) und das officium judicis.

Die jurisdictio war entweder Bestandtheil des imperium eines höheren magistratus: für Rom hauptsächlich der Prätoren (des urbanus und peregrinus, sowie der später für besondere Arten von Rechtssachen aufgestellten), in der dritten Periode auch der Principes und der von ihnen mit ihrer Gerichtsbarkeit beauftragten neuen Magistrate; für Italien der Consulares und Juridici; in den Provinzen der Statthalter (Proconsules und Praesides). Oder sie kam niederen magistratus (den Aedilen, den Municipalmagistraten, den Provincialquästoren und Procuratoren, diesen immer mit Beschränkung auf gewisse Gattungen von Rechtssachen oder auf eine gewisse Summe) selbstständig ohne imperium zu. Die erstere konnte auch durch Mandat auf einen andern magistratus oder einen Privaten übertragen werden.

Das officium judicis, das eigentliche Richteramt oder Richtergeschäft kam entweder einem ständigen Richterkollegium, den Decemvirn und Centumvirn, kraft gesetzlicher Bestimmungen, oder ebenso einem Kollegium von judices privati, später gewöhnlich einzelnen judices privati, kraft der Verfügung eines jus dicens zu, der sie als Richter für den bestimmten Rechtsstreit aufstellte (datio judicis). In der dritten Periode wurde dieses Richteramt nur noch ausnahmsweise und zwar fast blos in Erbschaftssachen, namentlich bei der querela inofficiosi festamenti von den Centumviralgerichte geübt; regelmäßig durchaus von Privatrichtern, die, wenn sich nicht die Parteien vereinigten, andere Personen sich zu Richtern zu erbitten, aus dem Senat, seit August aus einem jährlich neu gebildeten album judicum selectorum genommen wurden.

In gewissen, das öffentliche Interesse berührenden Sachen wurden **Recuperatores** zu Richtern bestellt. Die besondere Bezeichnung für jeden Richter, welchem eine freiere Beurtheilung (nicht das blose einfache Urtheil über das Dasein oder Nichtdasein eines bestrittenen Rechts) zukommen sollte, wie namentlich in **bonae fidei judiciis**, ist **Arbiter**.

Verfahren in jure.

§. 4.

Das Verfahren in jure hatte regelmäßig blos die **ordinatio judicii** zum Inhalt. Es fand öffentlich vor dem Tribunal des Magistratus Statt. Die Parteien hatten ihre Anträge mündlich selbst zu stellen (**postulare**), oder durch mitgebrachte geeignete und nach dem Edikt zulässige Fürsprecher stellen zu lassen.

Dem Kläger kam es zu, selbst den Gegner vor die Gerichtsbehörde zu laden (**in jus vocare**), der ihm dahin folgen oder einen Andern stellen mußte, der den Prozeß als seine eigene Sache führte, einen **vindex**. Gegen den sich beharrlich weigernden Gegner stund dem Kläger **manus injectio** zu. Statt dieser gab das prätorische Edikt eine Klage auf eine Geldstrafe.

In jure mußte der Kläger dem Beklagten sogleich eröffnen, welche Klage er gegen ihn anstellen wolle (**edere actionem**) und ihm einen weiteren Termin zur Fortsetzung der Verhandlung geben, gegen das in der Regel mit Bürgenstellung zu leistende Versprechen, in demselben zu erscheinen (**vadimonium**); die **editio actionis** und das **vadimonium** konnte schon zu Cicero's Zeit auch außergerichtlich erfolgen und die Einleitung des Prozesses ohne **in jus vocatio** oder doch ohne **vindicis datio** vermitteln; erst später wurde dafür eine außergerichtliche litis denuntiatio eingeführt, welche mit Benennung der Klage vor Zeugen geschehen sollte, und die Parteien von selbst verpflichtete, nach einer gewissen Frist vor Gericht zu erscheinen.

Dem Zweck des Verfahrens in jure gemäß mußten hier auch Anspruch und Vertheidigung schließlich in einer bestimmten Form zur Darstellung kommen, was ursprünglich durch Legis actiones, seit der Lex Aebutia gewöhnlich durch schriftliche Formulae geschah.

Legis Actiones.

§. 5.

Legis actio ist eine Verhandlung zwischen zwei über ein Privatrecht in Streit gerathenen Parteien vor einem (höheren) magistratus, welche sich auf eine lex stützt, und wodurch mittelst solenner Worte, die vorzugsweise sie selbst sprechen, (wohl auch mittelst symbolischer Handlungen) entweder der Rechtsstreit zwischen ihnen und unter Mitwirkung des magistratus sofort zu Ende geführt, oder wenn ein judicium dazu nöthig ist, dieses geordnet wird (1).

Letzteres geschieht in der Regel sacramento, ausnahmsweise in besonderen gesetzlich bestimmten Fällen theils per judicis arbitrive postulationem, theils per condictionem, theils per manus injectionem, theils per pignoris captionem (2). Diese fünfte legis actio ist aber nur eine uneigentliche.

Legis actiones wurden auch gebraucht, um Rechtsgeschäften unter Simulation eines Rechtsstreits eine feierliche Form zu geben. Die magistratische Mitwirkung zu solchen legis actiones hieß jurisdictio voluntaria als eine lediglich (übereinstimmenden) Parteiwillen folgende (im Gegen-

faß zur **contentiosa**). Auch sie stand nur höheren Magi=
straten zu.

1. Actiones, quas in usu veteres habuerunt, Legis Actiones ap-
   pellabantur, vel ideo quod legibus proditae erant, quippe
   tunc edicta praetoris, quibus complures actiones introductae
   sunt, nondum in usu habebantur, vel ideo, quia ipsarum legum
   verbis accomodatae erant, et ideo immutabiles proinde atque
   leges observabantur. Gaj. IV. §. 11.

2. Lege autem agebatur modis quinque, sacramento, per judicis
   postulationem, per condictionem, per manus injectionem, per
   pignoris captionem. Ibid. §. 12.

Die verschiedenen Arten der legis actio.

§. 6.

Gaj. IV. §§ 11—29.

1) Sacramento lege agebatur *), wenn beide Theile
die summa sacramenti von 500 oder 50 Asses einsetzten (in
sacro deponebant), oder später nur dem Prätor Bürgen
(praedes) dafür gaben, so, daß die Summe des in dem
Rechtsstreit unterliegenden Theils dem Aerar verfallen sollte.

Vor der gegenseitigen Aufforderung zur Streiteinlassung
durch das sacramentum (provocatio sacramento) sprach Je=
der mit einer solennen Formel aus, was er behauptete und
worüber daher das erkennende Gericht durch das Urtheil zu
entscheiden hatte.

---

*) Stinßing über das Verhältniß der Legis actio sacramento
zu dem Verfahren durch sponsio praejudicialis. 1853. M. S. Mayer
ad Caji Inst. comm. IV. §. 48 commentatio. 1853. — S. aber da=
gegen jetzt Römer in der krit. Ueberschau Bd. II Heft 3 (1855)
N. XIV.

Bei in rem actiones heißen diese gegenseitigen Behaup=
tungen vindicatio und contravindicatio (Hunc ego hominem
ex jure Quiritium meum esse ajo); gewöhnlich waren sie
von der symbolischen Handlung des vindictam imponere be=
gleitet.

Der Magistratus ordnete dabei den thatsächlichen Zu=
stand (den Besitz) für die Dauer des judicium (vindicias
dicebat); bei Freiheitsprozessen, welche für den, über dessen
Freiheit gestritten ward, ein assertor in libertatem führen
mußte, immer secundum libertatem. Dadurch wurde be=
stimmt, wer die Rolle des Klägers, wer die des Beklagten
im judicium zu übernehmen habe.

Bei der Vindication von Grundstücken wurde die legis
actio durch ex jure manum consertum vocare eingeleitet.

Bei actiones in personam lautet der Widerspruch ein=
fach verneinend; bei actiones de servitutibus kann nicht nur
der Widerspruch, sondern selbst die erste Behauptung vernei=
nend sein (1).

2) Ohne sacramentum lege agebatur:

a) per judicis arbitrive postulationem („te, praetor, ju=
dicem arbitrumve postulo uti des"), wo die Beschaffenheit
der Sache einen Schiedsmann (arbiter; s. §. 3 a. E.)
forderte.

b) per condictionem (Aufforderung an den Gegner,
sich am dreißigsten Tage ad judicem capiendum einzufin=
den): nach einer Lex Silia bei actiones in personam auf
certa pecunia, nach einer Lex Calpurnia bei actiones in
p. de omni certa re.

c) per manus injectionem (symbolische Handanlegung
an den Gegner mit solennen den Klagegrund bezeichnenden

Worten): bei Klagen gegen verurtheilte oder als Verur=
theilte zu behandelnde Schuldner (vgl. §. 21).

d) per pignoris captionem, außergerichtliche eigenmäch=
tige Pfändung unter feierlichen Worten: bei besondern, auf
das jus publicum und sacrum bezüglichen Forderungen (2).

1. Si in rem agebatur, mobilia quidem et moventia, quae modo
in jus adferri adducive possent, in jure vindicabantur ad hunc
modum: qui vindicabat, festucam tenebat, deinde ipsam rem
adprehendebat, velut hominem, et ita dicebat: HVNC EGO HO-
MINEM EX IVRE QVIRITIVM MEVM ESSE AIO SECVNDVM SVAM
CAVSAM. SICVT DIXI, ECCE, TIBI VINDICTAM IMPOSVI, et simul
homini festucam imponebat; adversarius eadem similiter dicebat et faciebat; cum uterque vindicasset, praetor dicebat
MITTITE AMBO HOMINEM; illi mittebant; qui prior vindicaverat,
ita alterum interrogabat: POSTVLO ANNE DICAS QVA EX CAVSA
VINDICAVERIS; ille respondebat: IVS PEREGI SICVT VINDICTAM
IMPOSVI; deinde qui prior vindicaverat, dicebat: QVANDO TV
INIVRIA VINDICAVISTI D AERIS SACRAMENTO TE PROVOCO; adversarius quoque dicebat similiter EGO TE; seu L. asses sacramenti nominabant; deinde eadem sequebantur quae cum
in personam ageretur; postea praetor secundum alterum eorum vindicias dicebat, id est interim aliquem possessorem
constituebat, eumque jubebat praedes adversario dare litis et
vindiciarum, id est rei et fructuum; alios autem praedes ipse
praetor ab utroque accipiebat sacramenti, quod id in publicum cedebat. Gaj. IV. §. 16.

2. Ex omnibus autem istis causis certis verbis pignus capieba-
tur, et ob id plerisque placebat hanc quoque actionem legis
actionem esse; quibusdam autem non placebat, primum quod
pignoris captio extra jus peragebatur, id est non apud praetorem, plerumque etiam absente adversario, cum alioquin ceteris actionibus non aliter uti possent, quam apud praetorem

praesente adversario; praeterea nefasto quoque die, id est quo non licebat, lege agere, pignus capi poterat. Ibid. §. 29.

Formulae.

§. 7.

Eine Lex Aebutia führte (wohl vor 550) neben den Legisactionen, welche durch die leges Juliae auf zwei Fälle beschränkt wurden, wovon der allein praktisch wichtige der eines centumvirale judicium war, eine neue ordinatio judicii ein: per concepta verba oder per formulam d. h. durch eine schriftliche Verfügung des Magistratus, worin er einen oder mehrere judices für die Entscheidung der Sache bestellte und in der Form einer Instruktion dieser Richter die Bedingungen des nach dem Antrag der einen oder der andern Partei zu fällenden Urtheils, und damit zugleich die Gegenstände der richterlichen Ermittlung, eben so aber auch den Gegenstand der etwaigen Verurtheilung mehr oder weniger genau bezeichnete, also den Streitpunkt und — hypothetisch, auch meist quantitativ unbestimmt — den Inhalt des Urtheils vorausbestimmte (1).

Insoweit die formula auf Anträgen des Klägers beruht, kann sie folgende verschiedene partes haben, demonstratio, intentio, adjudicatio, condemnatio (2).

Die beiden Haupttheile sind die intentio, welche den Klaggrund (das Recht, aus welchem geklagt wird) ausdrückt, indem sie direkt oder indirekt die richterliche Ueberzeugung von dessen Dasein zur Bedingung der Verurtheilnng des Beklagten macht, und die condemnatio, welche dem Richter die Ermächtigung gibt, unter den in der Intentio bezeichneten Voraussetzungen den Beklagten zu verurtheilen oder freizusprechen, zugleich aber ihn anweist, wozu er im ersteren Falle verurtheilen soll.

Wo eine genauere Bezeichnung der dem klägerischen An-
spruche zu Grunde liegenden Thatsache nöthig ist, erfolgt
diese in einer der intentio vorangehenden demonstratio. Eine
nur bei Theilungsklagen vorkommende pars formulae ist die
adjudicatio, welche den Juder ermächtigt, jeder Partei zuzu-
erkennen, was ihr von dem zu theilenden Gegenstand von
nun an ausschließlich gehören soll.

Die condemnatio ist stets auf eine Geldsumme gerichtet,
was auch immer der Gegenstand des klägerischen Anspruchs
sein mag (3).

1. Sed istae omnes legis actiones paulatim in odium venerunt.
Namque ex nimia subtilitate veterum, qui tunc jura condide-
runt, eo res perducta est, ut vel qui minimum errasset, litem
perderet. itaque per legem Aebutiam et duas Julias sublatae
sunt istae legis actiones, effectumque est, ut per concepta verba, id est, per formulas litigaremus. Gaj. IV. §. 30.

2. Partes autem formularum hae sunt: demonstratio, intentio,
adjudicatio, condemnatio. (§. 40) Demonstratio est ea pars
formulae, quae praecipue ideo inseritur, ut demonstretur res,
de qua agitur; velut haec pars formulae: QVOD AVLVS AGERIVS
NVMERIO NEGIDIO HOMINEM VENDIDIT. item haec: QVOD AVLVS
AGERIVS APVD NVMERIVM NEGIDIVM HOMINEM DEPOSVIT. (§. 41).
Intentio est ea pars formulae, qua actor desiderium suum
concludit. velut haec pars formulae: SI PARET NVMERIVM NE-
GIDIVM AVLO AGERIO SESTERTIVM X MILIA DARE OPORTERE. item
haec: QVIDQVID PARET N. N. A. A. DARE FACERE OPORTERE.
item haec: SI PARET HOMINEM EX IVRE QVIRITIVM AVLI AGERII
ESSE. (§. 42) Adjudicatio est ea pars formulae, qua permittitur judici rem alicui ex litigatoribus adjudicare: velut si inter
coheredes familiae erciscundae agatur, aut inter socios communi dividundo, aut inter vicinos finium regundorum, nam
illic ita est: QVANTVM ADIVDICARI OPORTET, IVDEX TITIO

ADIVDICATO. (§. 43) Condemnatio est ea pars formulae, qua judici condemnandi absolvendive potestas permittitur. velut haec pars formulae: IVDEX NVMERIVM NEGIDIVM AVLO AGERIO SESTERTIVM X MILIA CONDEMNA: SI NON PARET ABSOLVE item haec: IVDEX N. N A. A. DVMTAXAT X MILIA CONDEMNA: SI NON PARET ABSOLVITO. item haec: IVDEX N. N. A. A. CONDEMNATO, ut non adjiciatur: X MILIA*). Ibid. §§. 38—43.

3. Omnium autem formularum, quae condemnationem habent, ad pecuniariam aestimationem condemnatio concepta est, itaque etsi corpus aliquod petamus, velut fundum, hominem, vestem, aurum argentum, judex non ipsam rem condemnat eum, cum quo actum est, ut olim fieri solebat, sed aestimata re pecuniam eum condemnat. Ibid. §. 48.

Verſchiedenheit der Formeln.

§. 8.

Gaj. IV. §§. 39—62. Tit. J. de actionibus. (4, 6).

Die Hauptverſchiedenheit der Formeln iſt die, daß ſie entweder in jus oder in factum concipirt ſind:

Sie ſind in jus concipirt, wenn in der Intentio das Rechtsverhältnis ausgedrückt iſt, welches Bedingung der condemnatio ſein ſoll, m. a. W. wenn die Intentio eine juris civilis intentio iſt; denn es gibt ſtreng genommen kein prätoriſches Rechtsverhältnis (1).

Je nachdem die Klage eine perſönliche oder dingliche iſt (§. 1), wird auch die Intentio in personam oder in rem concipirt, d. h. mit oder ohne Erwähnung des Beklagten, da dieſe nur dort, nicht aber auch hier zum Ausdruck des Klaggrundes gehört (2).

Blos die negatoria actio, obwohl eine in rem actio,

---

*) So iſt wohl hier zu leſen: vgl. Puchta, Inſtitutionen II. §. 166. e.

hat eine Intentio, worin die Person des Beklagten genannt wird, weil diese Intentio den Klagegrund nur indirekt, gewöhnlich mittelst direkter Verneinung eines angeblich dem klägerischen Recht entgegenstehenden Rechts des Beklagten ausdrückt:

si paret, jus No. No. non esse utendi fruendi fundo illo invito Ao. Ao.

Auch diese Intentio ist aber in rem concipirt, insofern sie das Rechtsverhältnis, um das es sich handelt, als ein sachliches, nicht als ein persönliches zwischen Kläger und Beklagtem bezeichnet.

Die in rem conceptae formulae sind immer certae; die in personam conceptae sind zum Theil certae, wenn der Inhalt der Obligation das Geben einer bestimmten Geldsumme ist, oder das Geben eines sonstigen bestimmten Gegenstandes (einer Sache oder eines Rechts), wobei unter Geben (dare) zu verstehen ist: bewirken, daß der Gläubiger den zu gebenden Gegenstand als suum (ex jure Quiritium) vindiciren kann. Außerdem sind sie incertae. Die intentio ist hiernach entweder auf dare oportere oder dare facere oportere concipirt.

Hiernach sind die actiones in personam entweder condictiones certi, oder condictiones triticiariae, oder endlich theils condictiones incerti, theils actiones im engsten Sinn des Worts.

Von den in jus conceptae formulae in personam aus Kontrakten oder kontraktsähnlichen Verhältnissen enthielten gewisse die Anweisung an den Richter, nur in das zu condemniren, was er finde, daß bei einer Beurtheilung des Verhältnisses nach Treu und Glauben (ex fide bona) der Beklagte dem Kläger schuldig sei.

Bonae fidei actiones (ober judicia) sind: die actio fiduciae, ex emto, vendito, locato, conducto, negotiorum gestorum, mandati, depositi, pro socio, tutelae, rei uxoriae, commodati, pigneraticia, familiae erciscundae, communi dividundo, praescriptis verbis de aestimato und ex permutatione.

Alle übrigen Klagen dieser Art (also nur actiones in personam, in jus conceptae, ex contractu oder quasi ex contractu, ohne den Zusatz ex fide bona in der intentio) heißen stricti juris actiones (was gleichbedeutend ist mit condictiones).

Nur bei der certa formula ist eine pluris petitio (re, tempore, loco oder causa) möglich, d. h. der Fehler, daß der Kläger die intentio fassen läßt, wie wenn sein Recht einen größeren Umfang besäße, als den es wirklich besitzt, was zur Folge hat, daß er sachfällig wird (causa cadit), d. h. daß der Beklagte freigesprochen wird.

Nur eine incerta formula in personam aber hat eine der Intentio vorausgehende und sie durch Angabe des faktischen Klaggrunds verdeutlichende Demonstratio. Dieser wird eingefügt, oder an ihre Stelle tritt (3) eine praescriptio pro actore (nicht pro reo §. 11), wenn es darauf ankommt, daß der Kläger sich dadurch verwahre, in dem gegenwärtigen Prozesse nur einen Theil seines Anspruchs geltend machen zu wollen (Gaj. IV. §§. 130—132. 134—137).

Wenn das Rechtsgeschäft, woraus geklagt wird, keine appellatio jure civili prodita hat, so nehmen die Stelle der Demonstratio praescripta verba ein, die den faktischen Klaggrund angeben. Solche Klagen heißen daher actiones praescriptis verbis oder civiles in factum actiones im Gegensatze zu den judicia prodita oder vulgares actiones,

Von diesen sind zu unterscheiden die in factum actiones schlechthin, welche eine formula in factum concepta haben, d. h. eine Formel ohne juris civilis intentio, überhaupt ohne eigentliche Intentio, worin vielmehr anstatt ihrer und der Demonstratio eine Behauptung steht, die nur uneigentlich Intentio genannt wird, und blose Thatsachen bezeichnet, deren Erhellen oder Nichterhellen Bedingung der Condemnation oder Absolution sein soll.

Auch hierin kann eine pluris petitio mit der oben angegebenen Wirkung stattfinden.

Sowohl in rem, als in personam actiones konnten in factum concipirt werden. Es war die bequemste Form für die Ertheilung von honorariae (praetoriae oder aediljtiae) actiones. Doch enthielt das Edikt auch für einzelne civilrechtliche Obligationen neben in jus concipirten Formeln formulae in factum conceptae, wie umgekehrt honorariae actiones auch in jus concipirt werden konnten, indem nämlich durch eine beigefügte fictio das für die actio honoraria genügende faktische Verhältniß dem für die analoge Civilklage erforderlichen Rechtsverhältnisse gleichgestellt wurde (4. 5).

Eine Klage, welcher durch eine formula fictitia oder in factum concepta eine erweiterte Anwendung gegeben wird, heißt utilis actio; in ihrer ursprünglichen, einfachen Anwendung directa actio*).

1. Sed eas quidem formulas, in quibus de jure quaeritur, in jus conceptas vocamus, quales sunt, quibus intendimus, nostrum esse aliquid ex jure Quiritium, aut nobis dare oportere, aut pro fure damnum decidere oportere: in quibus juris civilis

---

*) Ueber directae actiones im Gegensatze zu contrariae actiones vgl. Puchta, Institutionen III. §. 262 a. E.

intentio est. (§. 46) Ceteras vero in factum cónceptas vocamus, id est, in quibus nulla talis intentionis conceptio est: sed initio formulae nominato eo quod factum est, adjiciuntur ea verba, per quae judici damnandi absolvendive potestas datur, qualis est formula, qua utitur patronus contra libertum, qui eum contra edictum Praetoris in jus vocat: nam in ea ita est: RECVPERATORES SVNTO. SI PARET, ILLVM PATRONVM AB ILLO LIBERTO CONTRA EDICTVM ILLIVS PRAETORIS IN IVS VOCATVM ESSE, RECVPERATORES ILLVM LIBERTVM ILLI PATRONO SESTERTIVM V *) MILIA CONDEMNATE: SI NON PARET, ABSOLVITE. — — et denique innumerabiles ejusmodi aliae formulae in albo proponuntur. (§. 47) Sed ex quibusdam causis Praetor et in jus et in factum conceptas formulas proponit, velut depositi et commodati: illa enim formula, quae ita concepta est: IVDEX ESTO. QVOD A. A. APVD N. N. MENSAM ARGENTEAM DEPOSVIT, QVA DE RE AGITVR, QVIDQVID OB EAM REM N. N. A. A. DARE FACERE OPORTET EX FIDE BONA, EIVS IVDEX N. N. A. A. CONDEMNATO, NISI RESTITVAT: S. N. P. A. in jus concepta est; at illa formula, quae ita concepta est: I. E. SI PARET, A. A. APVD N. N. MENSAM ARGENTEAM DEPOSVISSE, EAMQVE DOCO MALO NI. NI. AO. AO. REDDITAM NON ESSE, QVANTI EA RES ERIT, TANTAM PECVNIAM IVDEX N. N. A. A. CONDEMNATO: S. N. P. A. in factum concepta est. similes etiam commodati formulae sunt. Ibid §§. 45—48.

2. Actionis verbum et speciale est et generale; nam omnis actio dicitur, sive in personam, sive in rem sit petitio; sed plerumque a c t i o n e s personales solemus dicere, p e t i t i o n i s autem verbo in rem actiones significari videntur. L. 178 §. 2 de V. S. (50, 16).

3. Item admonendi sumus, si cum ipso agamus, qui incertum promiserit, ita nobis formulam esse propositam, ut praescriptio inserta sit formulae loco demonstrationis, hoc modo: I. E.

---

*) Vgl. Savigny, System des h. R. R. V. S. 79.

QVOD A. A. DE Nᵒ. Nᵒ. INCERTVM STIPVLATVS EST, MODO *) CVIVS
REI DIES FVIT, QVIDQVID OB EAM REM N. N. A. A. DARE FACERE
OPORTET et reliqua. Gaj. IV. §. 136.

4. Habemus adhuc alterius generis fictiones in quibusdam formulis: velut cum is, qui ex edicto bonorum possessionem pe-
tiit, ficto se herede agit. cum enim praetorio jure et non legitimo succedat in locum defuncti, non habet directas actiones,
et neque id, quod defuncti fuit, potest intendere suum esse,
neque id quod defuncto debebatur, potest intendere dare sibi
oportere; itaque ficto se herede intendit, veluti hoc modo:
I. E. SI A. A, id est ipse actor, LVCIO TITIO HERES ESSET, TVM
SI FVNDVM, DE QVO AGITVR, EX IVRE QVIRITIVM EIVS ESSE PARE-
RET. vel si in personam agatur, praeposita similiter fictione
illa ita subjicitur: TVM SI PARERET N. N. A. A. SESTERTIVM
X MILIA DARE OPORTERE. Ibid. §. 34.

5. — -- datur autem haec actio ei, qui ex justa causa traditam
sibi rem nondum usucepit, eamque amissa possessione petit.
nam quia non potest eam ex jure Quiritum suam esse intendere, fingitur rem usucepisse, et ita quasi ex jure Quiritium
dominus factus esset, intendit hoc modo: I. E. SI QVEM HOMI-
NEM A. A. EMIT, ET IS EI TRADITVS EST, ANNO POSSEDISSET, TVM
SI EVM HOMINEM, DE QVO AGITVR, EIVS EX IVRE QVIRITIVM ESSE
PARERET et reliqua. Ibid. §. 36 **).

§. 9.

Die condemnatio ist certa bei der condictio certi und
bei actiones in factum auf eine bestimmte Geldstrafe; sonst
incerta, aber zuweilen cum taxatione d. h. so, daß der Rich=
ter bei der Schätzung des Streitgegenstandes an ein festge=
setztes unüberschreitbares Maximum gebunden ist.

---

*) Vgl. Huschke ebendas. Zeitschrift f. g. Rtsw. XIII S. 329.
**) Vgl. zu T. 4 u. 5. Scheurl Beiträge Bd. 1 S. 132 ff.

Eine pluris petitio in der condemnatio ist unschädlich. Bei manchen Klagen wird der Richter in der Formel durch einen den Condemnationsbefehl beschränkenden Zusatz angewiesen, den Beklagten erst dann zu condemniren, wenn er einem richterlichen arbitrium de restituendo, exhibendo oder solvendo nicht Folge geleistet hat (1). Indem der Richter hiernach bei diesen Klagen zum Theil das officium eines arbiter hat (§.3), bilden die arbitrariae actiones neben den bonae fidei actiones eine Unterart der arbitria. Alle in rem actiones, und alle diejenigen in personam actiones, welche auf Restitution oder Exhibition gehen, ohne stricti juris oder bonae fidei actiones zu sein, außerdem auch die actio de eo quod certo loco, werden als arbitrariae formulae concipirt.

Doch konnte für in rem actiones das Formularverfahren auch (und ursprünglich wohl nur)per sponsionem vermittelt werden, so daß statt sofortiger Ertheilung einer petitoria formula (einer arbitraria formula mit intentio in rem concepta) zunächst der Gegner nur durch Eingehung einer Wette mit dem Kläger um eine von dem Beklagten, im Fall er Unrecht habe, ihm (dem Kläger) zu zahlende Summe angehalten, dann aber aus dieser sponsio praejudicialis eine formula in personam concepta ertheilt wurde (2). Die darauf erfolgende Verurtheilung bedeutete nicht, daß der Verurtheilte die Summe wirklich an den Kläger zu zahlen, sondern nur, daß dieser Recht habe. (In rem actio per sponsionem).

Es gibt auch formulae ohne eine condemnatio; dies sind die praejudiciales formulae, durch welche ein Richterspruch über eine Thatsache erwirkt werden soll, von deren Gewißheit die Entscheidung eines andern eigentlichen Rechtsstreits abhängig ist. Diese Formeln bestehen lediglich aus einer intentio (3).

1. Si vero illud quoque accedet, ut in ea verba praetor judicium
det, ut vel L. Octavius Balbus judex, homo et juris et officii
peritissimus, non possit aliter judicare; L. OCTAVIVS IVDEX ES-
TO. SI PARET, FVNDVM CAPENATEM, QVO DE AGITVR, EX IVRE QVI-
RITIVM P. SERVILII ESSE, NEQVE IS FVNDVS Q. QATVLO RESTI-
TVETVR: non necesse erit L. Octavio judici cogere P. Servi-
lium, Q. Catulo fundum restituere, aut condemnare eum, quem
non oporteat? Cicero in Verrem II, 12 (31).

2. Per sponsionem vero hoc modo agimus. provocamus adversarium tali sponsione: SI HOMO, QVO DE AGITVR, EX IVRE
QVIRITIVM MEVS EST, SESTERIOS XXV NVMMOS DARE SPONDES?
deinde formulam edimus, qua intendimus, sponsionis summam
nobis dare oportere, qua formula ita demum vincimus, si pro-
baverimus, rem nostram esse (§. 94). Non tamen haec summa
sponsionis exigitur, nec enim poenalis est, sed praejudicialis,
et propter hoc solum fit, ut per eam de re judicetur; unde
etiam is cum quo agitur, non restipulatur. Gaj. IV. §§. 93. 94.

3. Non tamen istae omnes partes simul inveniuntur, sed quaedam
inveniuntur, quaedam non inveniuntur. certe intentio aliquando
sola invenitur, sicut in praejudicialibus formulis: qualis est,
qua quaeritur, aliquis libertus sit, vel quanta dos sit et aliae
complures. demonstratio autem et adjudicatio et condemnatio
numquam solae inveniuntur: nihil enim demonstratio sine intentione vel condemnatione valet; item condemnatio sine demonstratione vel intentione, vel adjudicatio (sine demonstratione et
intentione et condemnatio) ne*) nullas vires habet: ob id
numquam solae inveniuntur. Gaj. IV. §. 44.

---

*) S. Scheurl, Beiträge, Bb. 1 S. 133 ff.

Interbikte*).

§. 10.

Gaj. IV. §§. 138—170. T. J. de interdictis (4, 15).

In gewissen dazu geeigneten Fällen**) ließ der Prätor zwischen zwei vor ihm erscheinenden streitenden Theilen sofort **bedingte Befehle** ergehen, regelmäßig unter Anwendung von Formularen, die dafür im Edikt aufgestellt waren, wodurch er auf Antrag des einen Theils dem andern ohne zuvor geführten Beweis der Bedingungen eine **Restitution** oder **Exhibition** an jenen gebot oder ihm eine Handlung zum Nachtheil jenes (auch wohl beiden gegen einander) **verbot** (interdicta restitutoria, exhibitoria, prohibitoria). Namentlich that er dies, um zur Erlangung, Behauptung oder Wiedererlangung des **Besitzes** zu verhelfen: **adipiscendae, retinendae, recuperandae possessionis causa.** (1—3). Die **interdicta retinendae possessionis** wurden als (bedingte) Verbote von Besitzstörungen an beide Theile gleichmäßig (als **duplicia interdicta**) erlassen (4).

Wenn derjenige, an welchen ein solches zunächst zur sofortigen Beilegung des Streits erlassenes Machtgebot ergangen war, sich ihm nicht fügen wollte, so konnte ihn der, welcher es erwirkt hatte, zu einer **sponsio poenalis,** d. h. dem Sponsionsversprechen einer Strafsumme für den Fall des Zuwiderhandelns gegen den prätorischen Erlaß (**adversus edictum praetoris**) — einer Nichtbefolgung desselben beim

---

*) K. A. Schmidt das Interdiktenverfahren der Römer in geschichtl. Entwicklung. 1853.

**) Uebersichten derselben s. in L. 1 u. 2 D. h t (43, 1).

Vorhandensein seiner Bedingungen — herausforbern, mußte
aber dagegen eine restipulatio leisten (§. 18). Hieraus wur-
ben formulae in personam conceptae gegeben, welche die
Richter anwiesen, zunächst über das Verwirktsein der Spon=
sions= ober Restipulationssumme, mittelbar aber baburch über
ben eigentlichen Streitpunkt zu erkennen, woran sich bann
ein arbitrium de re restituenda ober exhibenda anschließen
konnte. Bei restitutorischen und exhibitorischen Interbikten
konnte ber Gegner burch sofortige Erbittung eines arbiter
(einer arbitraria formula) zur unmittelbaren Entscheidung
bes eigentlichen Streits bas agere cum poena s. periculo
abwenben.

Auch burch die Interbikte wurde also meist ein ordinarium judicium eingeleitet; und insofern wurden die Inter=
bikte als eine eigene Art von Klagen betrachtet, ja selbst als
actiones im weitern Sinn bes Worts bezeichnet (5).

1. Certis igitur ex causis praetor aut proconsul principaliter
   auctoritatem suam finiendis controversiis interponit, quod
   tum maxime facit, cum de possessione aut quasi possessione
   inter aliquos contenditur; et in summa aut jubet aliquid fieri,
   aut fieri prohibet; formulae autem verborum et conceptiones
   quibus in ea re utitur, interdicta decretave vocantur. Gaj.
   IV §. 139.

2. Ait Praetor: QVOD PRECARIO AB ILLO HABES, AVT DOLO MALO
   FECISTI, VT DESINERES HABERE, QVA DE RE AGITVR, ID ILLI
   RESTITVAS· L. 2 pr. D de precario (43, 26).

3. Ait Praetor: QVI QVAEVE IN POTESTATE LVCII TITII EST, SI IS
   EAVE APVD TE EST, DOLOVE MALO TVO FACTVM EST, QVO
   MINVS APUD TE ESSET, ITA EVM EAMVE EXHIBEAS. L. 1 pr. D.
   de liberis exhib. (43, 30).

4. Duplicia sunt velut VTI POSSIDETIS interdictum et VTRVBI. ideo
   autem duplicia vocantur, quia par utriusque litigatoris in his

conditio est, nec quisquam praecipue reus vel actor intelli-
gitur, sed unusquisque tam rei, quam actoris partes sustinet:
quippe Praetor pari sermone cum utroque loquitur. nam
summa conceptio eorum interdictorum haec est: VTI NVNC
POSSIDETIS, QVO MINVS ITA POSSIDEATIS, VIM FIERI VETO:
item alterius: VTRVBI HIC HOMO, DE QVO AGITVR, APVD QVEM
MAIORE PARTE HVIVS ANNI FVIT, QVOMINVS IS EVM DVCAT, VIM
FIERI VETO. Gaj. IV. §. 160.

5. Actionis verbo continetur in rem, in personam, directa, utilis, praejudicium, sicut ait Pomponius: stipulationes etiam, quae
praetoriae sunt, quia actionum instar obtinent, ut damni in-
fecti, legatorum, et si quae similes sunt. Interdicta quoque
actionis verbo continentur. L. 37 pr. D. de O. et A. (44, 7).

Vertheidigungszusätze zu den Formeln.

§. 11.

Gaj. IV. §§. 115—129. 133. TT. J. de exceptionibus u. de repli-
cationibus (4, 13. 14).

Will sich der Beklagte blos dadurch vertheidigen, daß er
die in der eigentlichen intentio der in jus oder der uneigent-
lichen intentio der in factum concepta formula niedergeleg-
ten Behauptungen des Klägers verneint, so bedarf es keines
Zusatzes zur Formel für ihn; denn der Richter ist angewiesen, wenn jene Behauptungen nicht erweislich sind, also nicht
nur, wenn der Kläger das behauptete Recht nie erworben,
sondern auch wenn er es wieder verloren hat, den Beklagten
zu absolviren. Wenn aber der Beklagte sich auf eine Thatsache beruft, von welcher der Prätor mit oder ohne Rücksicht
auf das jus civile anerkennt, daß sie den Beklagten ausnahmsweise vor der Verurtheilung schützen müsse, auch
wenn der Inhalt der Intentio vollkommen richtig sei, so muß
der in der Intentio bezeichneten Bedingung der condemnatio

als zweite noch die beigefügt werden, daß jene vom Beklag=
ten angeführte Thatsache nicht existire (1). Dieser Zusatz heißt
exceptio; aber auch das Recht, wegen der darin bezeichneten
Thatsache selbst bei begründeter Klage absolvirt zu werden,
wird exceptio genannt. (Exceptiones, Einreden, im for=
mellen und materiellen Sinn). Je freier der Spielraum ist,
welchen die Fassung der Intentio dem Richter in Beziehung
auf Beurtheilung des Rechtsverhältnisses gewährt, in demsel=
ben Maße ist auch die Einkleidung von Einreden in die
Form von exceptiones entbehrlicher. — Die exceptiones
sind entweder peremtoriae (perpetuae) oder dilatoriae (temporales), je nachdem sie das Klagrecht des Gegners für im=
mer oder nur zeitweise hemmen, also dasselbe ganz unwirk=
sam machen, oder den Kläger nur nöthigen, die Anstellung
der Klage aufzuschieben. Aber auch wenn eine nur dilatori=
sche (begründete) Exceptio in die Formel aufgenommen ist,
bewirkt sie für den Kläger, der sich durch deren Vorbringung
zur Aufschiebung der Klage nicht bestimmen ließ, den gänz=
lichen Verlust des Prozesses.

Auch die exceptiones können in jus oder in factum
concipirt sein, d. h. mit Berufung auf eine Vorschrift des
jus civile, welche der Thatsache, auf die sich die Einrede
stützt, diese Kraft gibt, oder auf die Thatsache selbst (2). Die
allgemeinste exceptio in factum ist die exceptio doli, inso=
fern sie darauf geht, daß der Kläger sich durch Anstellung
der Klage eines dolus schuldig mache. Gerade von dieser
Einrede aber gilt es natürlich vorzugsweise: bonae fidei judiciis inest.

Ferner sind auch sie persönlich oder dinglich, je
nachdem der Exceptionsgrund in der Person des Klägers,
wenigstens seines auctor, oder nur überhaupt existiren muß.

Auf Seiten des Beklagten sind die Exceptionen regelmäßig dinglich, nur ausnahmsweise personae cohaerentes.

Einreden, welche gegen die Zulässigkeit des judicium überhaupt gerichtet sind, wie die exc. rei judicatae, die Einrede der Klagverjährung u. s. f. wurden in der älteren Zeit als praescriptiones pro reo an die Spitze der Formel gestellt, um den Richter anzuweisen, diese selbst als nicht gegeben zu behandeln, wenn die Einrede als begründet erwiesen würde. Dahin gehörten namentlich auch die s. g. praejudicia, Einreden, welche auf Zurückstellung dieses Prozesses bis zur Entscheidung einer andern dieselbe Thatsache betreffenden causa major gerichtet waren. Später, schon vor Gajus, wurden auch diese Einreden als exceptiones concipirt (3).

Hat der Kläger der exceptio wieder nicht blos eine Verneinung, sondern eine Thatsache entgegenzusetzen, wegen welcher der Prätor ihn gegen die exceptio schützen will, auch wenn diese begründet ist, so wird der exceptio ein neuer Zusatz derselben Art (replicatio) beigefügt, welcher die Wirksamkeit der exceptio als von dem Nichtdasein dieser Thatsache abhängig bezeichnet. Und so können noch weiter duplicationes, triplicationes u. s. f. vorkommen (4).

1. Omnes autem exceptiones in contrarium concipiuntur, quam affirmat is, cum quo agitur. nam si verbi gratia reus dolo malo aliquid actorem facere dicat, qui forte pecuniam petit, quam non numeravit, sic exceptio concipitur: SI IN EA RE NIHIL DOLO MALO AVLI AGERII FACTVM SIT, NEQVE FIAT. item si dicatur contra pactionem pecunia peti, ita concipitur exceptio: SI INTER A. A. ET N. N. NON CONVENIT, NE EA PECVNIA PETERETVR. et denique in ceteris causis similiter concipi solet. ideo scilicet, quia omnis exceptio objicitur quidem a reo,

sed ita formulae inseritur, ut conditionalem faciat condemnationem, id est ne aliter judex eum, cum quo agitur, condemnet, quam si nihil in ea re, qua de agitur, dolo actoris factum sit; item ne aliter judex eum condemnet, quam si nullum pactum conventum de non petenda pecunia factum erit. Gaj. IV. §. 119.

2. Perficitur donatio in exceptis personis sola mancipatione vel promissione; quoniam neque Cinciae legis exceptio obstat, neque in factum: SI NON DONATIONIS CAVSA MANCIPAVI vel PROMISI ME DATVRVM. idque et Divus Pius rescripsit. Vat. Fragm. §. 310.

3. — — olim autem quaedam (sc. praescriptiones) et pro reo opponebantur. qualis illa erat praescriptio: EA RES AGATVR, SI IN EA RE PRAEIVDICIVM HEREDITATI NON FIAT: quae nunc in speciem exceptionis deducta est, et locum habet, cum petitor hereditatis alio genere judicii praejudicium hereditati faciat; velut cum res singulas petat — —. Gaj. IV. §. 133.

4. — — quia iniquum est, me excludi exceptione, replicatio mihi datur ex posteriore pacto hoc modo: SI NON POSTEA CONVENERIT, VT EAM PECVNIAM PETERE LICERET. item si argentarius pretium rei, quae in auctione venierit, persequatur; objicitur ei exceptio, ut ita demum emtor damnetur, si ei res, quam emerit, tradita esset; quae est justa exceptio; sed si in auctione praedictum est, ne ante emtori traderetur res, quam si pretium solverit, replicatione tali argentarius adjuvatur: AVT SI PRAEDICTVM EST, NE ALITER EMTORI RES TRADERETVR, QVAM SI PRETIVM EMTOR SOLVERIT. Ibid. §. 126.

Litis Contestatio *).

§. 12.

Gaj. III. 180. 181.

Durch den Abschluß der Verhandlungen, welche die streitenden Theile in jure mit einander gepflogen haben, die litis contestatio (ursprünglich eine wirkliche beiderseitige Zeugenaufrufung (1), womit dieser Abschluß feierlich bewirkt wurde) ist zwischen ihnen gleichsam vertragsweise ein Rechtsverhältnis zu Stande gekommen, welches die rechtliche Nothwendigkeit der Verurtheilung des Beklagten unter den jetzt festgestellten Bedingungen und zu der jetzt mehr oder weniger bestimmt festgestellten Summe (oder seine Freisprechung unter den entgegengesetzten Bedingungen) zum Inhalt hat. Es treten daher mit der litis constetatio folgende rechtliche Wirkungen ein:

1) Actio consumitur; das Klagerecht ist gleichsam verarbeitet in das jetzt zwischen den streitenden Theilen entstandene Rechtsverhältnis (die Prozeßobligation) und eben dadurch formell untergegangen; es kann nur noch in dem jetzt angeordneten judicium und wie dieses angeordnet ist, verfolgt werden. Bei den Legisactionen und bei einem legitimum judicium (§. 15 X. 3) in personam mit einer formula in jus concepta erfolgt diese Consumtion des Klagrechts und die Aufhebung der ihm zu Grunde liegenden Obligation ipso jure; außerdem nur per exceptionem rei in judicium deductae, welche der Beklagte

---

gegen die consumirte Klage hat, wenn sie wieder gegen ihn angestellt wird (2. 3).

2) Der Bestand des streitigen Rechtsverhältnisses im Augenblick der L. C. ist ohne Rücksicht auf spätere Veränderungen maßgebend für das richterliche Urtheil. Streng genommen müßte also auch bei vollständiger Befriedigung des Klägers nach der L. C. doch condemnirt werden. Jedenfalls konnte dies aber bei bonae fidei und arbitrariae actiones nicht geschehen. Die Sabinianer lehrten sogar, omnia judicia esse absolutoria (4).

3) Wo der Richter die Condemnationssumme zu bestimmen hat (also nicht bei einer formula mit condemnatio certa §. 9), muß er in Anschlag bringen, was der Kläger außer dem Streitgegenstande selbst haben würde, wenn dieser ihm zur Zeit der L. C. geleistet worden wäre (5). Der Grundsatz, daß er auch bei der Schätzung des Streitgegenstands auf dessen Werth zur Zeit der L. C. sehen muß, ist nur bei stricta judicia festgehalten worden (6. 7).

1. Contestari litem dicuntur duo aut plures adversarii, quod ordinato judicio utraque pars dicere solet: TESTES ESTOTE. Festus s. v. contestari.

2. At vero si legitimo judicio in personam actum sit ea formula, quae juris civilis habet intentionem, postea ipso jure de eadem re agi non potest, et ob id exceptio supervacua est, si vero vel in rem vel in factum actum fuerit, ipso jure nihilo minus postea agi potest, et ob id exceptio necessaria est rei judicatae vel in judicium deductae. (§. 108). Alia causa fuit olim legis actionum. nam qua de re actum semel erat, de ea postea ipso jure agi non poterat: nec omnino ita, ut nunc, usus erat illis temporibus exceptionum. Gaj. IV. §§. 107. 108.

3. Tollitur adhuc obligatio litis contestatione, si modo legitimo

judicio fuerit actum. nam tunc obligatio quidem principalis
dissolvitur, incipit autem teneri reus litis contestatione: sed si
condemnatus sit, sublata litis contestatione, incipit ex causa
judicati teneri. et hoc est, quod apud veteres scriptum est:
ante, litem contestatam dare debitorem oportere; post litem
contestatam condemnari oportere; post condemnationem judicatum facere oportere. Ibid. III §. 180.

4. Superest, ut dispiciamus, si ante rem judicatam is, cum quo
agitur, post acceptum judicium satisfaciat actori, quid officio
judicis conveniat, utrum absolvere, an ideo potius damnare,
quia judicii accipiendi tempore in ea causa fuit, ut damnari
debeat. nostri praeceptores absolvere eum debere existimant:
nec interesse, cujus generis fuerit judicium. et hoc est, quod
vulgo dicitur, Sabino et Cassio placere, omnia judicia esse
absolutoria — —. Ibid. IV. §. 114.

5. Quum fundus vel homo per condictionem petitus esset, puto
hoc nos jure uti, ut post judicium acceptum causa omnis
restituenda sit, id est omne, quod habiturus esset actor, si
litis contestandae tempore solutus fuisset. L. 31 pr. de R.
C. (12, 1).

6. In hac actione, sicut in ceteris bonae fidei judiciis similiter
in litem jurabitur: et rei judicandae tempus quanti res sit,
observatur: quamvis in stricti juris judiciis litis contestatae
tempus spectetur. L. 3 §. 2 D. commod. (13, 6).

7. In hac actione si quaeratur, res quae petita est, cujus temporis aestimationem recipiat, verius est, quod Servius ait,
condemnationis tempus spectandum. L. 3. D. de condictione
triticiaria (13, 3).

Verfahren in judicio.

§. 13.

Die Verhandlungen im Judicium haben zum Zweck,
den Richter in den Stand zu setzen, der ihm durch die For=

mel gegebenen Anweisung Folge zu leisten, nach welcher er,
je nachdem er von dem Dasein gewisser ihm mehr oder we=
niger bestimmt bezeichneter Thatsachen überzeugt wird, oder
nicht, verurtheilen oder freisprechen soll, theils durch Aus=
einandersetzungen und Beweise der einzelnen reinen Thatsa=
chen, auf die es hiernach ankommt, theils durch Rechtsaus=
führungen suchen die Parteien (häufig unter dem Beistande
von Sachwaltern) diese Ueberzeugung — der Kläger die=
jenige, von welcher die Condemnation, der Beklagte diejenige,
von welcher die Absolution nach der Formel bedingt sein soll
— dem Richter (oder Richterkollegium) beizubringen. Hin=
sichtlich des Beweises bestrittener Thatsachen im engern
Sinn des Worts muß dieses von Seiten der Parteien ge=
schehen, so daß der Richter jede solche Thatsache als nicht
vorhanden zu betrachten hat, die nicht von der Partei, wel=
cher in Beziehung auf dieselbe die Beweislast zukommt, be=
wiesen ist. Die Beweislast (onus probandi) trifft vor
Allem im Ganzen den Kläger (1) in dem Sinn, daß wenn er
nicht den ihm zukommenden Beweis liefert, der Beklagte
schon deshalb freigesprochen wird, selbst wenn dieser seinen
Beweis ebenso wenig geliefert hat (onus petitoris, commo-
dum possessoris); sodann aber trifft sie in Beziehung auf
jede einzelne Thatsache den, der sie behaupten muß, um da=
durch einen Rechtsanspruch oder eine Befreiung zu begrün=
den (2. 3). Zuweilen werden aber Thatsachen, auch wenn sie
bestritten sind, für wahr angenommen, bis der, welcher sie
verneint, das Gegentheil bewiesen hat (Praesumtiones,
Rechtsvermuthungen); dahin gehört namentlich die
Fortdauer eines Rechts, dessen Erwerbung bewiesen ist, und
daß Personen, Gegenstände und Handlungen, deren Dasein
feststeht, die regelmäßige Beschaffenheit haben.

1. — actore enim non probante, qui convenitur, etsi nihil ipse praestiterit, obtinebit. L. 4 C. de edendo (4, 1).

2. Ei incumbit probatio qui dicit, non qui negat. L. 2 D. de probat. (22,

3. — — Sin vero initio confiteatur quidem suscepisse pecunias, dicat autem, non indebitas ei fuisse solutas, praesumtionem videlicet pro eo esse, qui accipit, nemo dubitat; — — et ideo eum qui dicit indebitas solvisse, compelli ad probationes — — L. 25 pr. eod.

Urtheilsfällung *).

§. 14.

Ein eigentliches Urtheil d. h. ein den Rechtsstreit völlig beendigender Ausspruch ist lediglich die sententia, welche entweder die condemnatio des Beklagten (im Formularprozesse nothwendig zu einer bestimmten Geldsumme) oder dessen absolutio enthält, nur bei einem duplex judicium auch den Kläger verurtheilen, bei Theilungsklagen mit einer adjudicatio verbunden sein kann. Die addictio des jus dicens bei einer vindicatio, welcher der Beklagte keinen Widerspruch entgegensetzt **), ist nur obrigkeitliche Anerkennung des jetzt unbestrittenen Rechts und Ermächtigung zu seiner Ausübung.

Bei den praejudiciales formulae wird sie durch eine die Frage der intentio beantwortende pronunciatio ersetzt: eine solche das Recht des Klägers anerkennende pronunciatio geht auch bei arbitrariae in rem actiones (wenn der Kläger den Richter von dem Dasein seines Rechts überzeugt

---

*) S. das Citat zu §. 12, auch die Citate zu §. 6.

**) Bei der vindicatio in libertatem vertritt die addictio ein Ausspruch, daß der assertus in libertatem frei sei.

hat) der **sententia** vorher: in Verbindung mit dem **arbitrium**, welches, auch wo es ohne eine **pronunciatio** ergeht, nur eine Weisung für den Beklagten ist, wie er der **condemna**tio entgehen kann.

Im Legisactionenverfahren bestand das Urtheil, wie es scheint, nur bei Schuldklagen, wenn nicht mit der **legis actio sacramenti** geklagt worden war, in einer **condemnatio** (auf **certa pecunia** oder **certa res**) oder **absolutio**; bei der **legis actio sacramenti** aber in einer blosen **pronunciatio, utrius sacramentum justum sit**, welche den Ausspruch in sich schloß, die Behauptuug des einen oder andern Theils sei richtig, worauf dann nöthigenfalls ein besonderes **arbitrium litis aestimandae** folgte, das in eine **pecuniaria condemnatio** ausging.

Mit der Verkündigung des Endurtheils erlischt die Voll=macht des **judex** (beziehungsweise der **judices** oder **recupe-ratores**); die **res in judicium deducta** wird dadurch zur **res judicata**; die durch die Litiscontestation bereits eingetre-tene Consumtion der Klage kann nun, wo sie nicht **ipso jure** eingetreten ist, fortan durch eine **exceptio rei judicatae**, wie bisher durch eine **exceptio rei in judicium deductae** geltend gemacht werden (1).

Zu dieser Wirkung des Endurtheils aber, welche das blose Dasein desselben hat, kommt noch eine zweite hinzu, welche aus seinem Inhalte entspringt, indem diesem, ebenso aber auch dem Inhalte der blosen **pronunciatio**, vermöge der Annahme seiner unfehlbaren Wahrheit (2) die Kraft bei=gelegt wird, wie ein Rechtssatz, den Rechtsbestand, den das Urtheil annimmt, auch wenn er nicht wirklich vorhanden ist, (in der Regel freilich nur zwischen den Parteien (3) und ih=ren Universal= und Singular=Successoren) hervorzubringen

(Rechtskraft des Urtheils). Diese Wirkung kann bei der condemnatorischen Sentenz vom Kläger mit der **actio judicati**, welche auf Zahlung der Condemnationssumme geht, bei allen Urtheilen von beiden Seiten mit der **exceptio** (oder **replica**) **rei judicatae** (die also hiernach neben ihrer vorhin angegebenen negativen Funktion noch eine zweite positive hat) geltend gemacht werden, wenn in einem neuen Rechtsstreite zwischen denselben Personen (oder deren Successoren) dieselbe Frage abermals der richterlichen Entscheidung unterstellt werden will, um dadurch eine mit der vorigen in Widerspruch stehende Entscheidung zu erlangen (4).

Nach dem neuern Rechte hat die Rechtskraft des Urtheils zur Voraussetzung, daß es nicht mehr durch Appellation angefochten werden könne (§. 20).

1. Vgl.§. 12 T. 2 u. 3.
2. Res judicata pro veritate accipitur. L. 207 D. de R. J. (50, 17).
3. Quum res inter alios judicatae nullum aliis praejudicium faciant. — — L. 1 D. de exc. rei jud. (44, 2).
4. Et generaliter, ut Julianus definit, exceptio rei judicatae obstat, quotiens inter easdem personas eadem quaestio revocatur, vel alio genere judicii. Et ideo si hereditate petita singulas res petat, vel singulis rebus petitis hereditatem petat, exceptione summovebitur. L. 7 §. 4 D. eod.

Außerordentliche Beendigung des Rechtsstreits.

§. 15.

Der Rechtsstreit kann auch im ordo judiciorum schon in jure beendigt werden durch eine confessio in jure (1), durch jusjurandum in jure delatum (2), durch denegatio actionis (formulae).

In jure unb in judicio kann ber Rechtsstreit außeror=
bentlicher Weise burch Vergleich beenbigt werben; bas judicium aber auch burch blosen Zeitablauf: ein legitimum
erlischt nach ber lex Julia judiciaria in anberthalb Jahren,
ein judicium, quod imperio continetur (imperio continens)
burch Aufhören bes imperium bessen, ber es angeorbnet hat
(3). Dies ist bie, von ber Klagenverjährung (§. 32) wohl
zu unterscheibenbe Prozeßverjährung.

1. Confessus pro judicato est, qui quodammodo sua sententia
damnatur. L. 1 D. de confessis (42, 2).

2. Jusjurandum vicem rei judicatae obtinet non immerito,
quum ipse quis judicem adversarium suum de causa sua fe-
cerit, deferendo ei jusjurandum. L. 1 pr. quarum rerum actio
non datur (44, 5).

3. Legitima sunt judicia, quae in urbe Roma vel intra primum
urbis Romae miliarium, inter omnes cives Romanos, sub uno
judice accipiuntur: eaque lege Julia judiciaria, nisi in anno
et sex mensibus judicata* fuerint, exspirant, et hoc est, quod
vulgo dicitur, e lege Julia litem anno et sex mensibus mori.
(§. 105) Imperio vero continentur recuperatoria, et quae sub
uno judice accipiuntur interveniente peregrini persona judicis
vel litigatoris. in eadem causa sunt, quaecumque extra primum
urbis Romae miliarium tam inter civis Romanos, quam inter
peregrinos accipiuntur. ideo autem imperio contineri judicia
dicuntur, quia tamdiu valent, quamdiu is, qui ea praecepit,
imperium habebit. Gaj. IV. §§. 104. 105.

Prozeßführung burch Stellvertreter.

§. 16.

Gaj. IV. (§§. 69—74. 80) §§. 82—101. — Fragm. Vat. de cogni-
toribus et procuratoribus §§. 317—341. — TT. J. quod cum eo,
qui in aliena pot. est, negotium gestum esse dicitur u. de his,
per quos agere possumus (4, 7. u. 10).

Während bei Legisactionen, abgesehen von ganz einzelnen

Ausnahmen, eine Stellvertretung in der Prozeßführung nicht
Statt hatte, wird sie im Formularprozesse allgemein zugelassen.

Die Formel wird dann so gefaßt, daß in den übrigen
Theilen der Formel die Partei selbst, in der Condemnatio
(und Abjudicatio) der Stellvertreter genannt wird (1).
(Formel mit subjektiver Umstellung).

Solche Stellvertreter sind entweder cognitores, wenn sie
Kläger oder Beklagter durch eine förmliche Prozeß=Handlung
in Gegenwart des Gegners für diesen Rechtsstreit bestellen (2),
oder solche, die der Prätor entweder als amtliche Vertreter der
Partei (tutores, curatores, actores municipum) oder auf
Grund eines einfachen Auftrags von Seiten der letztern, ja
auch etwa auf ihr eigenes einseitiges Begehren (procuratores,
defensores) zuläßt. Hausväter nöthigt er unter Umständen,
Schuldklagen gegen ihre Hausangehörigen in solidum oder
mit gewissen Beschränkungen gleichsam als Stellvertreter
derselben zu übernehmen; ebenso Gewerbtreibende, Schuldkla=
gen gegen die von ihnen als magistri navis oder institores
aufgestellten extraneae personae. (S. g. actiones adjecti-
tiae qualitatis). Auch der bonorum emtor (§. 21) ist
nothwendiger Stellvertreter desjenigen, dessen Vermögen er
ersteigert hat, für die ihm und gegen ihn zustehenden
Klagen (3).

Ursprünglich wurde nur durch einen cognitor die rei
in judicium deductio für die Partei selbst bewirkt; bei je=
dem andern Stellvertreter wurde durch die Litiscontestation
nur zwischen diesem selbst und dem Gegner eine den dominus litis nicht berührende Obligation begründet (4).

Nach dem spätern Rechte bewirkt auch die amtliche und
die im einfachen Auftrag oder mit Ratihabition des dominus
litis geführte Stellvertretung die rei in judicium deductio (5).

1. Qui autem alieno nomine agit, intentionem quidem ex persona domini sumit, condemnationem autem in suam personam convertit; nam si verbi gratia Lucius Titius pro Publio Maevio agat, ita formula concipitur: SI PARET N. N. PVBLIO MAEVIO SESTERTIVM X MILIA DARE OPORTERE, IVDEX N. N. LVCIO TITIO SESTERTIVM X MILIA CONDEMNA: S. N P. A. in rem quoque si agat, intendit, Publii Maevii rem esse ex jure Quiritium et condemnationem in suam personam convertit. (§. 87.) Ab adversarii quoque parte si interveniat aliquis, cum quo actio constituitur, intenditur, dominum dare oportere, condemnatio autem in ejus personam convertitur, qui judicium accepit. sed cum in rem agitur, nihil in intentione facit ejus persona, cum quo agitur, sive suo nomine, sive alieno aliquis judicio interveniat: tantum enim intenditur, rem actoris esse. Gaj. §§. 86. 87.

2. Cognitor autem certis verbis in litem coram adversario substituitur. nam actor ita cognitorem dat: QVOD EGO A TE verbi gratia FVNDVM PETO, IN EAM REM LVCIVM TITIVM TIBI COGNITOREM DO; adversarius ita: QVANDOQVE TV A ME FVNDVM PETIS, IN EAM REM PVBLIVM MAEVIVM COGNITOREM DO. potest, ut actor ita dicat: QVOD EGO TECVM AGERE VOLO, IN EAM REM COGNITOREM DO; adversarius ita: QVANDOQVE TV MECVM AGERE VIS, IN EAM REM COGNITOREM DO. nec interest, praesens an absens cognitor detur. sed si absens datus fuerit, cognitor ita erit, si cognoverit et susceperit officium cognitoris. Ibid IV. §. 83.

3. Similiter et bonorum emtor ficto se herede agit; sed interdum et alio modo agere solet. nam ex persona ejus cujus bona emerit, sumta intentione convertit condemnationem in suam personam, id est, ut quod illius esset vel illi dare oporteret, eo nomine adversarius huic condemnetur: quae species actionis appellatur Rutiliana, quia a praetore Rutilio, qui et bonorum venditionem introduxisse dicitur, comparata est. Ibid. §. 35.

4. Procurator vero si agat, satisdare jubetur, ratam rem domi-

num habiturum. periculum enim est, ne iterum dominus de eadem re experiatur. quod periculum non intervenit, si per cognitorem actum fuit; quia de qua re quisque per, cognitorem egerit, de ea non magis amplius actionem habet, quam si ipse egerit. Ibid. §. 98.

5. Hoc jure utimur, ut ex parte actoris in exceptione rei judicatae hae personae continerentur, quae rem in judicium deducunt; inter hos erunt procurator, cui mandatum est, tutor, curator furiosi vel pupilli, actor municipum; ex persona autem rei etiam defensor numerabitur, quia adversus defensorem qui agit, litem in judicium deducit. L. 11 §. 7 D. de exc. rei jud (44, 2) (Ulpianus).

Prozeßcautionen.

§. 17.

Gaj. IV. §§. 88—102 T. J. de satisdationibus (4, 11).

Bei in rem actiones hatte im Legisactionen=Verfahren der, secundum quem vindiciae dictae erant (§. 6), dem nunmehrigen Kläger die dereinstige Restitution des Streitgegenstands sammt den Früchten der Zwischenzeit durch praedes litis et vindiciarum zu verbürgen. Im Formularprozeß muß der mit einer in rem actio per sponsionem belangte Besitzer mit dem Kläger zu gleichem Zweck die stipulatio pro praede litis et vindiciarum, der mit einer petitoria formula belangte Besitzer die stipulatio judicatum solvi eingehen, und zwar regelmäßig cum satisdatione d. h. unter Verbürgung. Wird er dabei durch einen cognitor vertreten, so muß er für diesen, jeder andere Stellvertreter des belangten Besitzers muß selbst diese cautio leisten.

Wer eine in rem actio als Kläger in eigener Person

ober burch einen cognitor anſtellt, hat keine Caution zu lei=
ſten; aber wer es im Namen eines Andern thut, ohne baß
er für ihn rem in judicium deducit, muß dem Gegner cavi=
ren, ratam rem dominum habiturum.

Für die **actio in personam** gilt eben bieſes auf Seiten
des Klagenden; der Beklagte hat hier, wenn er den Prozeß
ſelbſt führt, nur in gewiſſen Ausnahmsfällen, für einen
Cognitor aber immer die **satisdatio judicatum solvi** zu lei=
ſten, die auch ſtets andere Stellvertreter eines **in personam**
Belangten ſelbſt leiſten müſſen.

Sicherungsmittel gegen grunbloſes Prozeſſiren.

§. 18.

Gaj. IV. §§. 171—182. — T. J. de poena temere litigantium (4, 16).

1) In der Richtung gegen den Beklagten:

Ungegründete Beſtreitung des Klaganſpruchs zieht von
ſelbſt Verurtheilung auf das Doppelte nach ſich (lis infitiando
crescit in duplum), wenn der Beklagte ein bem Kläger be=
reits rechtskräftig Verurtheilter oder als ſolcher zu behan=
deln iſt.

Bei gewiſſen Klagen kann der Kläger von dem Gegner
eine **sponsio poenalis** verlangen (bei der **condictio de certa
credita pecunia** auf ein Drittel, bei der **actio de constituta
pecunia** auf die Hälfte der Klagſumme; wegen der Inter=
bikte ſ. §. 10), woraus er ihn im Fall der Verurtheilung
in der Hauptſache belangen kann.

Die Verurtheilung auf gewiſſe Klagen zieht **infamia**
nach ſich.

Nur außer bieſen Fällen und wenn bie Klage nicht an

flch eine Strafflage ist, kann der Kläger von dem Gegner das jusjurandum calumniae verlangen.

2) In der Richtung gegen den Kläger:

Wo der Kläger vom Beklagten eine sponsio poenalis verlangen kann, kann dieser von jenem eine restipulatio verlangen, und daraus gegen ihn im Fall der Absolution klagen.

Sonst kann der Beklagte immer vom Kläger das jusjurandum calumniae verlangen, oder wenn dieser wissentlich grundlos geklagt hat, das calumniae judicium auf ein Zehntel, bei Interdikten auf ein Viertel des Betrages der Sache gegen ihn anstellen. Bei gewissen Klagen (z. B. der Injurienklage) kann der unterliegende Kläger mit dem contrarium judicium jedenfalls auf eine bestimmte Quote der in der condemnatio geforderten Summe belangt werden.

2) Extraordinaria cognitio.

§. 19.

T. D. de extraordinariis cognitionibus (50, 13).

In Fällen außerordentlicher, von den feststehenden allgemeinen Rechtsgrundsätzen abweichender Rechtsverfolgung, die in der dritten Periode immer zahlreicher wurden, fand auch ein Gerichtsverfahren extra ordinem statt (1. 2), in der Art, daß der magistratus ohne eine ordinatio judicii auf einseitiges Anrufen des Klägers und nach Vorladung des Beklagten durch den Lictor, selbst gleichsam als judex cognoscirte und das Urtheil in Form eines decretum fällte. Eine Litiscontestation konnte hierbei nicht vollzogen werden, sie wurde aber für die im ordo judiciorum daran geknüpften Folgen als geschehen angenommen, sobald sich die Parteien vor dem

Magistratus über ihre gegenseitigen Behauptungen und An=
sprüche vollständig ausgesprochen hatten (3).

Zu diesen extraordinariae persecutiones gehörten ins=
besondere solche, welche Familienverhältnisse, Fideicommisse
und Honorarforderungen betrafen.

1. Persecutionis verbo extraordinarias persecutiones puto contineri, ut puta fideicommissorum et si quae aliae sunt quae
   non habent juris ordinarii exsecutionem. L. 178 §. 2 D. de
   V. S. (50, 16).

2. Actionis verbo etiam persecutio continetur. L. 34 eod.

3. — — Lis enim tunc contestata videtur, cum judex per narrationem negotii causam audire coeperit. L. un. C. de litis cont.
   (3, 9).

3) Appellation.

§. 20.

Während früher im Civilprozesse nur gegen die Ver=
fügung eines Magistratus an einen Magistratus von gleichem
oder höherem Rang, immer an die Tribunen, hatte appellirt
werden können, mit der Folge, daß dann durch Intercession
des Angerufenen das beschwerende Dekret wirkungslos ge=
macht, nicht aber von demselben abgeändert werden konnte,
entwickelte sich hieraus gleich im Anfang der dritten Periode
ein ganz neues Rechtsinstitut, vermöge dessen auch gegen
Urtheile an den Magistratus, der den Judex gegeben hatte,
und von den rechtsprechenden Magistratus selbst an höher
stehende, in letzter Instanz an den Princeps appellirt, und
dadurch ein neues Urtheil erwirkt werden konnte. Die
nochmalige Prüfung, welcher der angerufene Magistrat die
Sache unterzog, hatte stets die Gestalt einer extraordinaria
cognitio.

4) **Exekution.**

§. 21.

Der Vollstreckung des rechtskräftigen Urtheils kann die Entscheidung eines neuen Rechtsstreites vorhergehen müssen, wenn z. B. die Gültigkeit des Sentenz bestritten wird; zu diesem Behuf wird dann mit der **actio judicati** ein **ordinarium judicium** eingeleitet.

Zur Vollstreckung des richterlichen Urtheils selbst (oder der Selbstverurtheilung des Beklagten durch **confessio in jure**) fand, abgesehen von der Ermächtigung der richterlichen Obrigkeit zur Selbstausübung des Rechts an einem im Vindikationsprozesse abbicirten Objekte (§. 14), und von ihrer Hilfeleistung dabei, nach dem Rechte der zwölf Tafeln nur ein gegen die Person des Verurtheilten gerichteter indirekter Zwang Statt, der aber Verurtheilung in eine bestimmte Geldsumme (oder **confessio in jure**, sie zu schulden) voraussetzt, und daher bei **legis actiones** nöthigenfalls durch ein **arbitrium litis aestimandae** vermittelt werden mußte. Hiernach wurde der Verurtheilte von dem siegreichen Kläger nach dreißigtägiger Frist mittelst **manus injectio** vor dem **Magistratus** in Anspruch genommen und Letzterer gestattete dann, wenn er nicht zahlte oder einen Vinder stellte, dem Kläger, ihn fortzuführen und 60 Tage gefesselt bei sich festzuhalten, worauf er ihn, wenn nicht nach dreimaliger öffentlicher Ausstellung Jemand ihn auslöste, tödten oder **trans Tiberim** als Sklaven verkaufen aber auch zur Abverdienung seiner Schuld in dauernder Schuldknechtschaft behalten konnte. Mehreren Gläubigern überließ es das Gesetz, sich in den Schuldner zu theilen, oder mit einander zu vergleichen (1).

Neben diesem Recht der Personalexekution, welches mit gewissen Milberungen noch in der dritten Periode in Geltung blieb, führte das prätorische Edikt eine Vermögensexution ein. Diese bestund in einer Einweisung des Klägers durch den Magistratus in den (natürlichen Mit=) Besitz der ganzen Habe des Verurtheilten (missio in bona) und dem Verkaufe derselben als eines Ganzen (venditio bonorum) durch einen von den sämmtlichen Gläubigern des Verurtheilten aus ihrer Mitte erwählten **magister** gegen das Versprechen des Käufers, die Abtragung der Schulden zu gewissen Procenten zu über= nehmen (2). Nach einer **lex Julia** (Cäsars oder wahrschein= licher Augusts) konnte ein insolventer Schuldner durch frei= willige Abtretung seines Vermögens an seine Gläubiger (cessio bonorum) diesen die Wahl zwischen der Personal= und der Vermögensexekution entziehen und zugleich sich der mit dem Zwangsverkaufe der Güter verbundenen Infamia entziehen, auch die Rechtswohlthat der Competenz (wonach ihm nun immer der nothbürftige Lebensunterhalt gelassen werden mußte) sich verschaffen.

Erst in noch späterer Zeit kam ein direktes Exekutions= verfahren auf; zuerst dieses, daß der Magistratus dem Ver= urtheilten auf Verlangen des Klägers Pfänder abnehmen und zum Zweck der Befriedigung des Letztern verkaufen ließ (pig- nus in causa judicati captum); dann bei einem auf Restitution oder Exhibition gerichteten obrigkeitlichen Befehl (schwerlich auch einem blosen darauf gerichteten **arbitrium**) Vollstreckung desselben dadurch, daß der Magistratus die Sache **manu militari** (durch Gerichtsunterbediente) dem Beklag= ten abnehmen und dem Exekutionssucher überliefern ließ.

1. — — sic enim sunt, opinor, verba legis: Aeris confessi rebusque jure judicatis triginta dies justi sunto. post deinde manus injectio esto. in jus ducito. ni

judicatum facit aut quis endo em jure vindicit, secum ducito, vincito. aut nervo aut compedibus
quindecim pondo ne minore aut si volet majore
vincito. si volet suo vivito. ni suo vivit, qui em
vinctum habebit, libras farris endo dies dato, si
volet plus dato. Erat autem jus interea paciscendi, ac
nisi pacti forent, habebantur in vinculis dies sexaginta; inter eos dies trinis nundinis continuis ad Praetorem in comitium producebantur, quantaeque pecuniae judicati essent
praedicabatur, tertiis autem nundinis capite poenas dabant,
aut trans Tiberim peregre venum ibant. sed eam capitis poenam sanciendae, sicut dixi, fidei gratia, horrificam atrocitatis ostentu novisque terroribus metuendam reddiderunt, nam
si plures forent, quibus reus esset judicatus, secare si vellent, atque partiri corpus addicti sibi hominis permiserunt. et
quidem verba ipsa legis dicam, ne existimes, invidiam me
istam forte formidare. Tertiis, inquit, nundinis partis
secanto. si plus minusve secuerunt, se fraude
esto. — Gellius Noct. Attic. XX. c. 1.

2. Bona autem veneunt aut vivorum aut mortuorum. vivorum
velut eorum, qui fraudationis causa latitant, nec absentes
defenduntur, item eorum, qui ex lege Julia bonis cedunt;
item judicatorum post tempus, quod eis partim lege XII tabularum partim edicto Praetoris ad expediendam pecuniam
tribuitur. mortuorum bona veneunt velut eorum, quibus certum est, neque heredes, neque bonorum possessores, neque
ullum alium justum successorem existere. (§. 79) Si quidem vivi bona veneant, jubet ea Praetor per dies continuos
XXX possideri et proscribi; si vero mortui, per dies XV.
postea jubet convenire creditores et ex eo numero magistrum
creari i. e. eum, per quem bona veneant. itaque si vivi bona
veneant, in diebus (X legem bonorum vendendorum fieri)
jubet, si mortui, in diebus (V, a quibus tandem) vivi bona

die XX, mortui vero die X emtori addici jubet*). quare autem tardius viventium bonorum venditio compleri jubetur, illa ratio est, quia de vivis curandum erat, ne facile bonorum venditiones paterentur. Gaj. III. §§. 78. 79.

Verfahren gegen Widerſpenſtige und Abweſende **).

§. 22.

Wenn der in jure erſchienene Beklagte die ihm behufs der ordinatio judicii obliegenden Handlungen unterläßt, ſo wird er durchaus wie ein rechtskräftig Verurtheilter behandelt (§. 21).

Ferner kann der Klagberechtigte, wenn der Gegner ſich durch Verbergen böslicher Weiſe der in jus vocatio entzieht (fraudationis causa latitat), ohne daß Jemand ſeine Vertheidigung gehörig übernimmt, oder wenn er ungeachtet übernommenen Vadimonius (§. 4) ausgeblieben iſt (vadimonium deseruit), missio in possessionem bonorum desselben verlangen und in Vereinigung mit den übrigen Gläubigern, die ſich dazu gemeldet haben, zur venditio bonorum ſchreiten (§. 21). Der Kläger erleidet im Fall des vadimonium desertum gänzlichen Verluſt des Prozeſſes.

Ebenſo kann der Klagberechtigte, wenn die in jus vocatio des Gegners wegen einfacher Abweſenheit deſſelben unmöglich iſt, ohne daß er gehörig vertheidigt wird, einſtweilen wenigſtens die missio in possessionem bonorum begehren.

Die Nichtvertheidigung gegen die in rem actio wegen eines Grundſtücks oder einer Erbſchaft hat zur Folge, daß dem Kläger mittelſt des interdictum quem fundum oder

---

*) Vgl. über dieſe Lesarten Huſchke Recht des nexum S. 153 Not. 220 u. Jurispr. antej. p. 214.

**) O. E. Hartmann über das Römiſche Contumacialverfahren 1851. (Dernburg über die emtio bonorum 1850).

quam hereditatem ſofort zum Beſitz des Streitgegenſtands verholfen wird (1).

Das Ausbleiben einer Partei im judicium hat im älte=
ſten Recht einen Urtheilsſpruch zu Gunſten des Abweſenden
zur Folge (2).

Im ſpätern Recht wird in dieſem Fall (3) in Abweſenheit
des Widerſpenſtigen (contumax) nach dreimaliger vergebli=
cher denuntiatio (im Verfahren extra ordinem in Folge ei=
nes an ihn ergangenen dritten peremtoriſchen Edikts — es
kann dies auch unum pro omnibus ſein —) ein auf einſei=
tige Darlegung und Beweisführung des Anweſenden gebau=
tes, inappellables Erkenntnis gefällt (Eremodicium). Iſt
der Kläger in dem durch das peremtoriſche Edikt anberaum=
ten Termin ausgeblieben (circumductum edictum), ſo geht
nicht die Sache, aber das Verfahren für ihn verloren. —
Vgl. übrigens §. 15.

1. (Sunt etiam interdicta duplicia tam) adipiscendae, quam recuperandae possessionis, qualia sunt interdicta: QVEM FVNDVM
vel QVAM HEREDITATEM. Nempe si fundum vel hereditatem ab
aliquo petam, nec lis defendatur, cogitur ad me transferre
possessionem, sive nunquam possedi, sive antea possedi, deinde amisi possessionem. Ulp. fr. Vindob.

2. In XII tabulis — ita scriptum est: ante meridiem causam
conscito, quom perorant ambo praesentes. post
meridiem praesenti stlitem addicito. sol occasus
suprema tempestas esto. — Gellius Noct. Att. XVII
c. 2.

3. Trinis literis vel edictis aut uno pro omnibus dato aut trina
denuntiatione conventus, nisi ad judicem, ad quem sibi de-
nuntiatum est aut cujus literis vel edicto conventus est, ve-
nerit, quasi in contumacem dicta sententia auctoritatem rerum judicatarum obtinet, quin imo nec appellari ab ea potest.
Paul. Sent. V. 5 §. 7.

II. Umgestaltung des Römischen Civilprozesses in der vierten Periode.

§. 23.

Der ordo judiciorum privatorum ging in der vierten Periode unter (1); durch ein Gesetz Diocletian's von 294 (L. 2 C. de pedaneis judicibus 3, 3) wurde die Trennung des Verfahrens in jus und judicium aufgehoben, und den Gerichtsbehörden nur insofern noch eine judicis datio gestattet, daß sie ausnahmsweise minder wichtige Prozesse einem judex pedaneus zu gänzlicher Durchführung und Entscheidung übertragen durften. An die Stelle der in jus vocatio und editio actionis, so wie der spätern denuntiatio tritt im Justinianischen Recht Einreichung eines libellus conventionis (zur Anmeldung der Klage) beim Richter*) und Insinuation derselben sammt der richterlichen Ladung an den Beklagten durch einen Exekutor des Gerichts. Als Litiscontestation gilt nun allgemein (2) dasselbe; was bisher bei den extraordinariae cognitiones dafür angesehen worden war (§. 19); es gibt aber keine exceptio rei in judicium deductae mehr. Das Urtheil muß nicht mehr, wenn es condemnatorisch ist, auf eine Geldsumme, es soll aber wenigstens immer auf einen möglichst bestimmten Gegenstand gehen (3). Das Institut der Appellation wurde weiter ausgebildet; auch in der Gerichtsverfassung wurde das System der Unterordnung und Centralisirung vollständig durchgeführt. Es findet jetzt durchaus direkte Exekution, durch

---

*) Stinzing, Formeln des Justinianischen Prozesses. Zeitschr. f. Rechtsgesch. B. 5. S. 421 ff.

pignoris capio, Wegnahme der zu restituirenden Sache u.
s. f. (§. 21) statt. Die missio in bona kommt nur bei der
Verurtheilung in contumaciam und im Konkursverfahren
noch vor und führt nie zu einer venditio bonorum in der
alten Weise; Personalexekution (durch öffentliche Haft) fin=
det blos Statt, wenn die Vermögensexekution erfolglos ge=
blieben ist; — anderer geringerer Veränderungen nicht zu
gedenken.

1. De ordine et vetere exitu interdictorum supervacuum est hodie dicere: nam quotiens extra ordinem jus dicitur (qualia
   sunt hodie omnia judicia), non est necesse, reddi interdictum,
   sed perinde judicatur sine interdictis, atque si utilis actio ex
   causa interdicti reddita fuisset. §. ult. J. de interd. (4, 15).
2. Patroni autem causarum — — quum lis fuerit contestata,
   post narrationem propositam et contradictionem objectam, in
   qualicumque judicio — — juramentum praestent — — L. 14
   §. 1 C de judiciis (3, 1) von 530.
3. Curare autem debet iudex, ut omnimodo, quantum possibile
   ei sit, certae pecuniae vel rei sententiam ferat, etiamsi de
   incerta quantitate apud eum actum sit. § 32 J. de act. (4, 6).

III. Aufhebung der Klagrechte.

§. 24.

Gaj. IV. §§. 110—113. Tit J. de perpetuis et temporalibus actionibus et quae ad heredes vel in heredes transeunt (4, 12.)

Bis auf Theodosius II. konnten in der Regel die
Klagen (abgesehen von der Consumtion durch Litiscontesta=
tion) sowohl von dem ursprünglichen Klageberechtigten, als
von dessen Erben und zwar auch gegen die Erben des ur=
sprünglichen Beklagten so lange angestellt werden, als das
dadurch geschützte Recht selbst fortdauerte.

Nur ausnahmsweise erlöschen

1) durch den Tod des Klägers oder Beklagten die Popularklagen und die injuriarum actio; durch den des klagberechtigten Theils allein die andern actiones, quae vindictam continent, auch die rei uxoriae actio; durch den des Beklagten allein die Deliktsklagen auf Strafe und auf Entschädigung, soweit diese eine Vermögensverminderung des Beklagten zur Folge hätten;

2) durch Verjährung, d. h. durch Ablauf einer bestimmten Zeit seit ihrer Entstehung im einzelnen Fall: die auf ein Jahr (annus utilis) oder eine noch geringere Zeit gegebenen prätorischen (namentlich Pönal=) und ädilitischen Klagen; gewisse fiskalische Klagen; Klagen, wodurch der die Rechtsfähigkeit bedingende Stand (status) eines Verstorbenen angefochten wurde (was nach einem Edikt Nerva's nur 5 Jahre lang von dessen Tod an geschehen durfte); die querela inofficiosi testamenti, welche ebenfalls nur eine fünfjährige Dauer hat. Nach neuerem Rechte schützte auch zehen = (unter Abwesenden zwanzig =) jähriger Besitz mit rechtmäßigem Anfang, nach späteren Bestimmungen vierzig =, endlich dreißigjähriger Besitz an und für sich gegen die Klagen aus dem Eigenthum oder einem jus in re (longi, longissimi temporis praescriptio).

Durch ein Gesetz Theodosius II. von 424 (L. un. C. Th. de action. certo tempore finiendis 4, 14. — L. 3 C. J. de praescr. XXX vel XL. ann. 7, 39) wurde die Verjährbarkeit der Klagen zur Regel erhoben. Alle Klagen sollen, wenn sie nicht bisher schon in kürzerer Zeit verjährten, erlöschen, sofern sie nicht von dem Zeitpunkt an, wo sie zuerst angestellt werden konnten, innerhalb 30 Jahren angestellt werden. Für einige Fälle würde die Verjährungs=

zeit später auf 40 oder mehr Jahre verlängert. Nun heißen **temporales actiones** die schon bisher nur für eine bestimmte Zeit zustehenden, **perpetuae** die erst in 30 oder mehr Jahren durch Nichtanstellung verjährenden Klagen; es gilt bei dieser Verjährung aber **accessio temporis** (Zurechnung der Zeit, in welcher der **auctor** unbehelligt geblieben).

Durch die Litiscontestation wurden stets alle Klagerechte perpetuirt, indem dadurch ihre Form zerstört wurde, ihr Gehalt aber in die unverjährbare Prozeßobligation überging (§. 12). Zur Unterbrechung der Klagenverjährung reicht nach dem neuesten Rechte schon die Einreichung des **libellus conventionis** mit darauf folgender Ladung des Beklagten, auch jede von Seiten des Belangbaren zu erkennen gegebene Anerkennung des klägerischen Rechts hin. Bei rechtlichen Hindernissen der Klagerhebung ruht die Verjährung.

IV. Außerordentlicher Rechtsschutz durch in integrum restitutio *).

§. 25.

Nicht blos rechtswidrige Handlungen, welche einen dem Recht widersprechenden thatsächlichen Zustand erzeugen, sondern auch rechtsförmliche und rechtsgültige Vorgänge (Rechtsgeschäfte, Rechtsverluste durch Zeitablauf, rechtskräftige Erkenntnisse u. s. f.), die an die Stelle eines bisher bestandenen Rechtszustands einen neuen anderen Rechtszustand setzen, können für Jemand einen Nachtheil (eine Läsion) verursachen, der vom Standpunkte der Billigkeit aus, als ein dem

---

*) Savigny, System des heutigen R. R. Bd. 7 §§. 315—343.

wahren (von dem blos förmlichen zu unterscheidenden) Rechte so widersprechender erscheint, daß darin ein gerechter Grund (justa causa) liegt, ihm einen außerordentlichen Rechtsschutz durch Wiedereinsetzung in den vorigen (Rechts=) Stand (in integrum restitutio,) also eine Hülfe nicht nach dem förmlichen Recht, sondern gegen dasselbe zu ertheilen, indem eine richterliche Behörde ihn mit bewußter, absichtlicher Veränderung des durch den benachtheiligenden Vorgang be= wirkten gegenwärtigen Rechtszustands so behandelt, als wenn der dadurch aufgehobene Rechtszustand noch fortbestünde.

Soche Rechtshülfe konnten früher nur die höheren Ma= gistrate auf Grund ihrer Edikte ertheilen, was sie im einzel= nen Fall durch ein nach vorgängiger, auf das Dasein der ediktmäßigen Restitutionsbedingungen gerichteter extraordina= ria cognitio (§. 19) erlassenes Dekret entweder so thaten, daß dadurch unmittelbar der durch das Restitutionsgesuch be= zweckte Erfolg herbeigeführt, oder vorerst nur zur endlichen Herbeiführung desselben ein durch Rescission vermittel= tes judicium restitutorium oder rescissorium angeordnet wurde. (In machen Fällen wurde später eine solche restitu= torische Klage vom Recht unmittelbar verliehen und dadurch für sie der ursprünglich außerordentliche Rechtsschutz in einen ordentlichen verwandelt). Im neuesten Recht wurde die Be= fugnis zur Restitutionsertheilung sehr erweitert.

Auch nun aber kann sie nicht gegen die dreißig = und mehrjährige Verjährung und nur binnen einem quadriennium continuum (statt des ursprünglichen annus utilis) nachgesucht werden.

Der Hauptgrund der Restitution war im ausgebildeten R. R. Minderjährigkeit, sofern minores XXV annis durch den diesem Alter natürlichen Mangel an Besonnenheit in einen rechtlichen Nachtheil gebracht worden sind (1). (Die lex Plaetoria [ohngefähr um 550] hatte für junge Leute unter diesem Alter [legitima aetas] nur einen Schutz gegen betrügerische Uebervortheilung [circumscriptio] durch strafrechtliche Bestimmungen und Verleihung einer exceptio eingeführt).

Außerdem aber wurden im prätorischen Edikt auch causae aufgestellt, ex quibus majores XXV. annis i. i. restituuntur: vis ac metus, dolus, capitis deminutio des Gegners (2), absentia, eigene oder des Gegners (3), error.

Die Verjährungsfrist des auxilium i. i. r. nimmt ihren Anfang bei dem Restitutionsgrund der Minderjährigkeit mit Erreichung der legitima aetas oder der erlangten venia aetatis, bei dem der Abwesenheit mit der Rückkehr, bei den übrigen (außer der capitis deminutio, wobei eine Verjährung überhaupt nicht Statt findet) mit der Beseitigung des Zustandes, der als Ursache der Läsion die Restitution billig macht.

1. **Praetor edicit:** QVOD CVM MINORE QVAM VIGINTIQVINQVE ANNIS NATV GESTVM ESSE DICETVR, VTI QVAEQVE RES ERIT, ANIMADVERTAM. L. 1 §. 1 D. de minorib. (4, 4)

2. **Ait Praetor:** QVI QVAEVE, POSTEAQVAM QVID CVM HIS ACTVM CONTRACTVMVE SIT, CAPITE DEMINVTI DEMINVTAE ESSE DICENTVR, IN EOS EASVE PERINDE QVASI ID FACTVM NON SIT, IVDICIVM DABO. L. 2 §. 1 D. de capite minutis (4, 5).

3. **Verba autem Edicti talia sunt:** SI CVIVS QVID DE BONIS DEMINVTVM ERIT, CVM IS METVS AVT SINE DOLO MALO REIPVBLICAE CAVSA ABESSET, INVE VINCVLIS, SERVITVTE HOSTIVMQVE POTESTATE ESSET, SIVE CVIVS ACTIONIS EORVM CVI DIES EXISSE DICETVR, ITEM SI QVIS QVID VSV SVVM FECISSE, AVT, QVOD NON VTENDO SIT AMISSVM CONSEQVVTVS ACTIONEVE QVA SOLVTVS OB ID, QVOD DIES EIVS EXIERIT, CVM ABSENS NON DE

FENDERETVR, INVE VINCVLIS ESSET, SECVMVE AGENDI POTESTA-
TEM NON FACERET, AVT CVM EVM INVITVM IN IVS VOCARE NON
LICERET NEQVE DEFENDERETVR, CVMVE MAGISTRATVS DE EA RE
APPELLIATVS ESSET, SIVE CVI PER MAGISTRATVS SINE DOLO IP-
SIVS ACTIO EXEMTA ESSE DICETVR, EARVM RERVM ACTIONEM
INTRA ANNVM, QVO PRIMVM DE EA RE EXPERIVNDI POTESTAS
ERIT, ITEM SI QVA ALIA MIHI IVSTA CAVSA ESSE VIDEBITVR, IN
INTEGRVM RESTITVAM, QVOD EIVS PER LEGES, PLEBIS SCITA,
SENATVS CONSVLTA, EDICTA, DECRETA PRINCIPVM LICEBIT.

L. 1 §. 1 ex quib. caus. maj. (4, 6).

Anhang zu §. 2.

Das Wesen des ordo judiciorum ist oben im §. 2 — dem Plan
dieses Büchleins gemäß — nur seiner äußeren und äußerlichen Seite
nach dargestellt, als eine Theilung der richterlichen Verrichtungen zwischen Magistratus und Judices, welche die Trennung eines jeden ordentlichen Civilprozesses in ein zweifaches Verfahren: in jure und in
judicio bewirkte, und diese ganze Einrichtung vorzugsweise als eine
Beschränkung der Gewalt und Thätigkeit der richterlichen Obrigkeiten bei den Römern erscheinen ließ.

Als Erfolg derselben ergab sich eine bedeutende Erleichterung der
Magistrate und ein gewisser Schutz gegen übermächtige Einwirkung derselben auf die Privatrechtsverhältnisse der Bürger. Es konnten zu
Gunsten der Würde und Gleichmäßigkeit der Rechtspflege alle Rechts-
händel ohne Ausnahme durch die Hände jener hohen Obrigkeiten gehen,
ohne sie zu sehr zu beschweren und zu beschäftigen, wenn sie den Prozeß jedesmal nur zu ordnen, nicht zu entscheiden hatten. Und anderer-
seits mußte die Rechtspflege an Sicherheit und Vertrauen gewinnen,
wenn jederzeit unmittelbar die Häupter des Staates um Rechtshülfe
angegangen werden konnten, und doch von der sonst unumschränkten
Macht derselben nicht der endliche Ausgang des Prozesses abhieng, sondern die Urtheilsfällung, welche diesen bestimmt, in die Hände von
Privatpersonen gelegt war, auf deren Auswahl überdies der Wille der
Parteien mehr oder weniger bestimmend einwirkte.

Der innere Grund der Einrichtung aber lag nicht in der Ab-
sicht, diese Vortheile derselben zu erzielen.

Die richterliche Thätigkeit in Privathändeln hat ihrem inneren Wesen nach zwei wesentlich verschiedene Richtungen, und ist, je nachdem
sie die eine oder die andere verfolgt, von wesentlich doppelter Art und
Beschaffenheit.

Die eine Richtung derselben geht dahin, dem Kläger den Rechts-
weg zu eröffnen, oder, wenn das der Gerechtigkeit entspricht, von
vornherein zu verschließen (actionem dare — denegare), im er-

stern Fall den Beklagten zur gehörigen Einlassung auf den Rechtsstreit anzuhalten aber ihm auch wohl eine auf Ausnahmsgründen beruhende Vertheidigungsart zu gewähren (exceptionem dare), vorzukehren, was beide Theile gegenseitig vor muthwilliger Behelligung schützen, was die Erfolglosigkeit des Urtheils verhüten kann, Gehorsam des Berurtheilten gegen das Erkenntniß zu erzwingen und dgl. — kurz: reelle Rechts= hülfe zu gewähren. Die andere Richtung geht dahin, mit unbefange= nem Sinn und umfassender Rechtskenntniß die zwischen den befangenen Parteien eingetretene Irrung zu heben, durch vollständig eingehendes Anhören und Erwägen ihres Vorbringens und ihrer Beweisführung sich eine wohlbegründete Ueberzeugung von der Gerechtigkeit der Sache des Einen oder des Andern zu verschaffen, und diese durch ein Urtheil zur Beilegung des Streits auszusprechen — kurz ideelle Rechtshülfe zu leisten. Die richterliche Thätigkeit in Privatrechtshändeln ist theils Gewaltübung, theils ein bloßes Geschäft.

Zur Uebung der Richtergewalt gehört obrigkeitliche Macht. Zur Uebung des Richtergeschäfts ist sie vollkommen entbehrlich, wenn nur die Unterwerfung der Parteien unter das Ergebniß derselben zu rechtlicher Nothwendigkeit für sie geworden ist.

Darin besteht nun das innere Wesen des ordo judiciorum pri= vatorum: es wird in jedem einzelnen Rechtsstreit genau anseinander= gehalten, und zwei abgesonderten Vorschreitungen (Proceduren) über= wiesen, was in den Bereich der Richtergewalt und was in den Bereich des Richtergeschäfts gehört: jenes dem Verfahren in jure (vor dem ma= gistratus juri dicundo) dieses dem judicium (dem Verfahren vor rich= terlichen Privatpersonen, vor judices).

Der ordo judiciorum privatorum war nicht eine Veranstaltung, um gewisse Vortheile zu erzielen, sondern er war der vollkommen ange= messene Ausdruck für klare Auffassung des zweifachen richterlichen Berufs in Rechtsstreitigkeiten, der wie jede aus dem Wesen der Dinge geborne Form unausbleiblich sich als vielfach nützlich erweisen mußte.